JN120539

人事部 真野暢佑

緒桐豪太

OKIRI Gouta

文芸社

目次

第一章　再会

七月一日、実に十年ぶりの本社復帰だ。この時期になると、朝の八時でもじっとりと汗ばむような暑さで、竹中は堪らず鞄の中から扇子を取り出し扇ぎ始めた。改札を出て、蒸気機関車の方に目を向けると、案の定、温度計の表示は三十度を超えていた。あの出来事の後、竹中は栃木支店と群馬支店にそれぞれ三年、その後、茨城支店と東京西支店にそれぞれ二年在籍し、再び本社勤務の切符を手に入れることができた。今回、本社に返り咲くことができたのは、十年前に在籍した当時、目を掛けてもらっていた大崎が、二カ月前の部長級の人事異動で本社人事部長に就任したからであった。この十年間、出張で本社を訪れることはあっても、本社本館への縁はなく、足を踏み入れるのは、それこそ十年ぶりであり、懐かしさを通り越して、初めて足を踏み入れるかのような、妙な緊張感が体中を駆け巡った。

正面入り口の自動ドアを入ると、目の前には幅十メートル強、高さにして五十段ほどの階段が二階へと続いていた。しかし、その両脇にはエスカレーターが設置してあることから、階段を利用する者は数えるほどしかおらず、建物の威厳を示すためだけに存在しているかのように感じた。竹中が二、三歩階段を上り、見上げると、白髪交じりで天然パーマの男が、ニヤニヤしながら駆け寄ってきた。真野暢佑だ。

　真野は十年前、竹中の上司として、人事グループの制度設計班を取り仕切っていた男だ。竹中と同じく、十年前の出来事の際に、本社を追われていたが、二年前に、人事グループのマネージャーとして、一足早く本社へ返り咲いていた。

「おう、おはよう！　長い間申し訳なかったな。またよろしく頼むよ」

　そう言うと、腕まくりした右腕を竹中の前に差し出した。サックスブルーのワイシャツと、若干日焼けした肌の色とのコントラストが、本格的な夏の訪れを予感させた。

　竹中は懐かしむように、目の前に差し出された右手を両手でガッシリと握り締めた。

「こちらこそ、よろしくお願いします」

「タケの担当は、制度設計班のキャップね。いい思い出はないかもしれないけど、頼むよ。俺もしっかりサポートするから」

　真野は竹中の両手をさり気なく振りほどき、ニコッと笑いながら、ポンッと竹中の肩を叩いた。どんな状況においても、絶えず笑顔の男だが、一方で不正にはめっぽう厳しく、時には厳しすぎるとも思われるような処罰を提案することから「人切りヨウスケ」、もしくは本名を捩（もじ）って「魔のヨウスケ」等の異名を持っていた。その厳しい処分を、過去にも何度となく上司から諌められていたが、自身の考えを改めることは一切なかったため、社内で真野を快く思わない人物が少なからず存在していたことは事実であった。周囲に敵を作りながらも、あえてその姿勢を崩さなかったのは、『正直者がバカを見る』そんな世の中は絶対に間違っているという、人としての信念がそこにあったからだ。

こうして竹中は、真野の計らいで、十年前に真野が担当していた、人事グループ制度設計班のキャップとして取り仕切ることになった。

「真野さーん！」

下りのエスカレーターを降りた付近から、女性が真野を呼んでいる。総務人事局次長の深澤さくらだ。局次長といっても、局内ナンバーツーという位置付けではなく、局内副部長の次といった位置付けだ。十数年前当時、労働組合との労使交渉の業務は人事部副部長の担当となっていたが、副部長の業務負担を軽減するという名目で、当時の労務グループマネージャーだった浦田という男が新たに作ったポストだった。女性の管理職登用が声高に叫ばれてきた昨今においては、役員昇格を目指す女性社員の登竜門的なポストの一つとして、各部門のエース級の女性社員が登用されている。

「おっ、ごめん。何だか、山梨支店でセクハラ行為があったらしくて……。これから次長と一緒に事情聴取に行くんだ。ここに来る途中で大崎さんとすれ違ったから、もう自席にいると思うよ。じゃあ、またあとでゆっくり」

そう言うと、真野は軽やかに階段を下って、深澤のもとに駆け寄っていった。

総務人事局の執務スペースは八階にあった。フロアの東南角地に局長室、その対角線上に人事部長室はあった。部長級で個室をあてがわれているのは、人事部長のみであったが、この待遇が社長の椅子に近いというわけでもなく、特別扱いされている理由は、単に人事異動などの漏れてはいけない情報を大量に扱っているということ以外にはなかった。むしろ出世レースでいえば、総務部・経営企画部の後塵（こうじん）を拝（はい）する形となっており、人事部内からの社長輩出は、秘かなる悲願でもあった。

竹中が人事部長室の扉をノックしようとすると、ギイッと扉が開いた。

中から出てきたのは、総務部長の江藤裕司であった。江藤はこちらを一瞥すると、無言で自席のある北東角地へと足早に去っていった。東大法学部を首席で卒業し、法務グループマネージャー時代には、分の悪いと言われた訴訟案件を立て続けに逆転勝訴へと導き、その実績から、社長候補最右翼と目されている男だ。その風貌は、切れ長の目にブローの眼鏡という出で立ちで、見るからにエリート然としていた。

かく言う竹中も東大経済学部を卒業し、経産省から内定を貰うほどの逸材であったが、そんな竹中から見ても、江藤は近寄り難い空気を醸し出していた。

「失礼します」

中へ入ると、人事部長の大崎は応接セットのソファへもたれ掛かり、珍しく気難しい表情を覗かせていた。

竹中の姿を確認すると、ゆっくりと身を起こし、自席へと腰を下ろしたが、その表情が晴れることはなかった。先ほど江藤がこの部屋を訪れたことに何か関係があるのではないかと察するのにそう時間はかからなかった。

「おはよう。ご苦労さん」

大崎は何事もなかったかのように喋り出した。

「お前のような男を十年間もくすぶらせてしまって……。本当に申し訳なかったな」

竹中は入社後、同期の中では最も早く本社へ異動になったグループの中の一人で、早くも将来の人事部を背負って立つ男と目されていた。それこそ人事部の悲願である社長輩出も夢ではないと部内ではもっぱらの評判だった。そんな逸材を十年間も足踏みさせてしまったことに、大崎は申し訳ない気持ちを抑えることができなかった。

「いえ……」

竹中もそれ以上、言葉を絞り出すことができなかった。大崎には昔から本当に可愛がられていて、言いたいことも率直に言えるような、気の置けない関係だと感じていたため、改まっての謝罪は、竹中にとっては想定外の出来事だった。

「あの人事政策は、確かにお前の発案だったが、お前は何も悪くない。俺たちは浦田さんにハメられたんだ。俺も、お前も、真野も瀧川さんもだ」

　口調こそ穏やかだったが、その言葉に打倒浦田への執念を燃やす、大崎の気迫を竹中は感じ取っていた。

「ところでお前、幾つになった？」

「三十七です」

「まだまだ、お前の実力からすれば、今からだって十分挽回できる。まさか十年前のこと、今でも気にしているんじゃないだろうな？」

　人事グループの制度設計班は、コスト削減や社員のやる気を引き出すための制度を日夜企画立案しているセクションだった。十年前、鳴り物入りで人事部人事グループへ異動になった竹中は、部内でも花形である制度設計班に抜擢された。着任早々、手を付けたのは、社員の居住地手当の改革だった。当時、居住地手当として、東京・神奈川・千葉・埼玉の一都三県に在住している者には一律三万円、それ以外の地域に在住している者には一律二万円の手当を支給していた。その制度を『コスト削減』と『社員のやる気を引き出す』の両側面から実現すべく、新たに『勤務地手当』と名称を変更して提案した。その内容は、本社勤務者に五万円、各支社を統括する支店本部勤務者に三万円、支社勤務者には一万円をそれぞれ支給するといったものだった。

今までの上限が三万円から五万円に上昇したものの、本社勤務者は全体の一割にも満たず、一方で支社での勤務者は全体の八割強といった具合なので、全体としては月ベースで約四億円、年間約四十八億円ものコスト削減となる改革であった。当然これには、支社の人間が反発するのではないかと、部内でも意見が分かれたが、成果を挙げさえすれば、支店本部にだって、さらには本社にだって異動の道は拓ける。そうやってある程度ハッパを掛けないと、いつまで経ってもぬるま湯に浸かっているような社員ばかりが増えていくといった意見が反対派を押し切り、何とか組合提案へと漕ぎつけた。

労使交渉では、かなり紛糾するのではないかというのが大凡の見方であったが、実際の交渉は、こちらが肩透かしを食らうほどのシャンシャンで終了し、下半期開始の十月から運用となった。

しかし、年末頃から徐々に不満の声が漏れ始め、年明けにはついにストライキに発展するなど、一時社内は騒然となった。

結局この制度は、僅か半年で打ち切りとなり、その責任を取らされる形で、当時の人事部長以下、この制度に関わった人間の人事異動が言い渡されたのだった。

当時の人事部長栗山は関連会社への転籍を言い渡され、副部長の瀧川、人事グループマネージャーの大崎、そして制度設計班キャップだった真野も関連会社へ出向することとなった。いわゆる島流し人事だ。竹中は一番下っ端だったこともあり、関連会社への出向は免れたものの、地方支店へ飛ばされた。

しかし、労使交渉で会社側の窓口を担当していた、当時の局次長浦田だけは、ライン職でないといった理由から、異動を免れていた。

さらに言えば、浦田はその後も部内で副部長、人事部長と順調に出世の階段を駆け上がり、今年二月の人事異動で、総務人事局長から東京中央支店の支店長に異動となっていた。東京中央支店の支店長といえば、本社営業本部の副本部長も兼任するといった要職に在り、常務の椅子もほぼ手中に収めていると言っても過言ではない。


「気にしてるだなんて、バカなこと言わないでくださいよ。僕はそんな軟な男じゃありませんよ」

「だよな」

大崎はニヤリと笑い、ホッとした表情を浮かべた。それもそのはず、社内には難問が山積みで、人事部が旗振り役となり、改革を推し進めなければならない案件が数多あった。そんな中で、期待の中堅社員が使い物にならないとあれば、それこそ目も当てられない状態だった。

「竹中、分かっているとは思うが、俺たち人事は、この会社のヒトの価値をどうやったら高められるかなんだ。そのことがひいては社会への貢献や、会社の業績に繫がる。ちなみにお前の見立てで、目下急務なことって何だ？」

「そうですねぇ……。ベテラン社員の待遇でしょうか……」

竹中の回答は、大崎の腹の中と大凡一致していた。大崎は満足げに大きく頷くと、席を立ち上がり、壁の向こうにある局長室の方を指差した。

「局長への挨拶、まだだろ？　俺も一緒に行くよ」

そう言うと、自ら扉を開けて歩みを進めた。


コンコンコン……。

「失礼します」

中へ入ると、局長の瀧川は何やら紙ペラを眺めていた。人事の業務をかじったことのある人間であれば、それが人事カードであることは、多少の距離があっても、一瞬で分かった。竹中も大崎の後を追って部屋の中へと足を踏み入れた。

目の前に映る瀧川の姿は、十年前、竹中が最後に見た瀧川とは大きく異なっていた。坊主頭が若干伸びたような短髪で、白髪の割合が多く、ゴマ塩頭という表現がしっくりとくるようなヘアスタイルだった。一方、切れ長の眼とブリッジ眼鏡の組み合わせは相変わらずであったが、その奥に以前のような鋭い眼光はなく、目尻が下がり、優しい笑みを湛えていた。

　この会社では、五十七歳までに局長以上の執行役員に就任できなければ、関連会社へ転籍となるのが慣例としてある。先週、五十七歳の誕生日を迎えたばかりの瀧川は、まさに首の皮一枚繋がったという状況だった。

　本来であれば、今頃常務の椅子に座っていても何の不思議もない男であった。だが、当の本人は現実を真摯に受け止めていたのか、悔しがる素振りなど微塵も見せず、逆に今置かれている状況を自虐的に部下に話すなど、周囲の心配をよそに、至って自然体そのものであった。

「さっき江藤君が来てねぇ」

「そのお話は夕方、深澤君と真野が戻ってからということで」

　大崎は、慌てて瀧川の話を遮った。

「今日から竹中が制度設計班のキャップに着任しましたので、連れて参りました」

「局長、ご無沙汰いたしております」

　竹中は深々と頭を下げた。

「おう、タケちゃんお帰り。このフロアも久し振りだろ？　まぁ、かく言う俺も戻ってきてまだ五カ月だけどな。それにしても、滑り込みのギリギリセーフだよ。もし、俺の誕生日が一月だったら間違いなく転籍だったからな」

瀧川は大きな口を開けて、豪快に笑い飛ばした。

「まぁ、今日が着任初日だ。最初からエンジン全開でやることもなかろう。今コーヒーを淹れてくるから、ゆっくりしていきなさい」

そう言うと、執務室の脇の扉を開けて、隣の部屋へと消えていった。

二人は軽く会釈をして、応接セットのソファへと腰を下ろした。

「先ほど部長がおっしゃっていた、浦田さんにハメられたって、一体どういうことです？」

　十年前のあの出来事で、浦田だけがお咎めなしだったことは、ずっと竹中の胸にも痞（つか）えていたことは確かだった。

「あの後、俺と真野で秘かに調べていたんだが、二年ほど前にようやく真相がつかめたんだよ」

　十年前、瀧川は人事部副部長、一方の浦田は局次長で、人事部長の椅子を巡って互いに鎬（しのぎ）を削っていた。浦田にとって、年次で一年先輩だった瀧川の壁は、浦田の予想を遥かに上回る高さで、実力では到底敵わなかったという。目の上のたん瘤（こぶ）同然の瀧川を失脚させるために、浦田は当時の労働組合委員長と結託して、勤務地手当の制度を一旦は成立・運用させた後、しばらくして騒ぎを起こすというシナリオを企て、瀧川をハメたということだっだ。

「まぁ、俺たちは浦田さんの出世のためのダシに使われたってわけだよ」

「瀧川局長はご存知なんですか？」

「ああ、二年前にすでに報告済みだ」

隣の部屋からコーヒーのいい香りが漂ってきた。

「お待たせ」

部屋に戻ってきた瀧川は、紙コップに入った挽きたてのコーヒーを二人に差し出し、応接セットの誕生日席にゆっくりと腰を下ろした。

「あれ？　瀧川さん、椅子新調されました？」

真新しい椅子に大崎が気付いた。

「着任して五カ月だけど、どうも座り心地が悪くてな。浦田……いや、浦田支店長が座っていた椅子だからだろうな。秘書部に無理を言って替えてもらったんだ」

普段は冷静沈着な瀧川だったが、皮肉交じりに『支店長』の敬称を付けてわざわざ言い直した。瀧川の一年後輩の浦田は、例の件で関連会社に出向していた瀧川を追い抜き、一足早く総務人事局長の職を経由して、東京中央支店の支店長となり、次のステージへ上っている。

「ところで、お二人さんのように、人事に長く居るような人たちにわざわざいうことでもないんだが、ウチの会社も年配社員が増えてきてな……。特に管理職になりそびれた人材と、今後現在の職位から昇格見込みのない管理職の処遇に苦慮している。関連会社に出向させようにも、今は飽和状態でな。役員連中からも何とかするように言われているから、すぐにでも取り掛かってほしいんだよ」

瀧川は、コーヒーの湯気で曇った眼鏡を拭きながら、二人の方に目を向けた。

先ほどは、初日からエンジン全開でやることもなかろうと言っていたのに、もう仕事の話かよ、と言わんばかりに目を丸くした竹中だったが、竹中はとにかくこの制度設計という仕事が好きだった。この十年間、地方の支店本部を渡り歩いてきたが、支店本部は、本社人事部が企画した制度のオペレーションをすることしかできない。この仕事ができるのは本社の人事部だけとあって、とても名誉のあることだった。

その後は三十分ほど世間話をしていたが、大崎はまだ瀧川と話がある様子で、竹中に席を外すよう促した。

人事グループの執務スペースは十年前と変わっておらず、制度設計班のキャップ席も大凡察しがついたが、現在の制度設計班のメンバーが勢揃いの中、黙って座るわけにもいかず、竹中はメンバーへの挨拶がてら、一応自席を確認して着席した。

パソコンを開くと、早速マネージャーの真野からメールの着信があった。

「山梨支店カスタマーセンター　伊藤修吾の人事カードをお願いします」

先ほど局長室で指示のあった、瀧川からの宿題に早速取り掛かりたかったが、オフィシャルな指示でもなければ、具体的な期日も示されていなかったため、ボチボチ進めることにして、真野から言われた対象人物の人事カードを出力した。

人事カードとは、当該人物の卒業高校に始まり、卒業大学の学部学科、入社後の異動履歴や人事考課の結果、受講済みの研修などが事細かに記載されていた。もっとも、パソコン上では詳細ページなるものも存在し、さらに深い情報まで知ることができた。

竹中は、出力した人事カードを裏返しにして、真野の席に置くと自席に戻り、対象者である伊藤の人事情報をまじまじと眺めた。

〈コイツ……〉思わず心の声が漏れそうになったが、グッと腹の奥にしまい込んだ。

伊藤の人事考課の欄は直近三年が空白となっており、これは勤務日数が年間の三分の二に満たず、人事考課の対象外であることを意味していた。この状態になると、傷病休職が発令され、降級となるのが常であるが、その発令もされていないところをみて、竹中はピンと来たのだった。

この会社も二十数年前からメンタル不調による傷病休職者が後を絶たず、人事部はもとより各職場でも頭を悩ませていた。ただ、本当の鬱病で苦しむ社員がいる一方で、鬱病のフリをして心療内科から診断書を受け取り、長期で欠勤するものの、傷病休職が発令される直前に復帰するなど、制度を悪用する輩が一部存在していたのも事実であった。

本人の様子は、昼過ぎに山梨支店から帰社する真野に聞けばすぐに分かることだが、社内でセクハラをするような男が鬱病で苦しんでいるとは到底考えられなかった。

しばらく画面を眺めていると、目の前の電話が鳴った。

「はい、人事グループ竹中でございます」

「あぁ、瀧川だけど、ご苦労さん。真野君が戻ったら、大崎部長、深澤次長とこちらに来るように伝えてください」

「はい、かしこまりました」

竹中は電話を切ると、再び伊藤の人事情報画面に視線を戻し、詳細ページを覗き込んだ。そこには、彼の入社の経緯等が事細かに記載されていた。その情報を食い入るように見ながら、先ほど大崎が頭を抱えていたことを思い出し、合点がいった。そして、今後の展開を予想し始めると、なぜだか自然と溜息が漏れるのだった。


夕刻、真野と深澤が山梨支店から戻ってきた。

真野は相変わらず平静さを保っているが、一方の深澤は心なしか、やや表情に殺気が感じられ、近寄り難いオーラを醸し出していた。

「真野さん、局長がお呼びです。大崎部長と深澤次長も」

真野は、ありがとうと言わんばかりに、軽く手を挙げると、鞄の中から愛用の真っ赤な手帳を取り出し、机の上の人事カードをそこに挟んで、大崎の部屋へと向かった。

竹中は、三人が局長室に入るのを自席から遠く目で追うと、朝一番で瀧川から出された宿題に取り掛かった。しかし、終業時刻まで残り一時間足らず。加えて、局長室で今まさに行われているやり取りが妙に気になり、その日は何のアイデアも生み出すことができなかった。


大崎、深澤、真野の三人が局長室に入ると、すでに応接セットには、局長の瀧川、総務部長の江藤、そして総務部法務グループマネージャーの羽賀恵太が腰を下ろしていた。三人もソファへ腰を下ろすと、早速、深澤と真野が状況説明に入った。

加害者は、伊藤修吾、三十歳。所属は山梨支店カスタマーセンター。そして被害者は、同じく山梨支店カスタマーセンターに所属する、今野里香、二十五歳。

伊藤の言い分は、給湯室にある冷蔵庫に自分の飲み物を取りに行った際に、たまたまそこで洗い物をしていた今野のお尻に手が触れてしまったとのことだったが、一方の今野の言い分は、それとは大きく異なっていたという。

今野が言うことには、伊藤の行動は単に触れただけとは到底言い難く、口にするのも憚られるほどの破廉恥な行為だったという。内容の詳細は同性の深澤のみが聞かされていたが、刑事告発も視野に入れているとのことだった。

「刑事告発はマズいな……」

瀧川はボソッとこぼした。

「そうは言っても、まずは事実確認ですよね？　真野さん、その辺はどうなってるんですか？」

この夏の異動で、用地部のマネージャーから社内本流の総務部の法務グループマネージャーへ異動してきたばかりの羽賀は、眼をギラつかせながら真野に問い掛けた。

「あぁ、目撃情報は得られていないんだが、廊下に設置してある防犯カメラを解析したところ、伊藤が給湯室に入ってから出て来るまでの約七分。決定的な証拠とは言えないが、少なくとも、冷蔵庫に飲み物を取りに行っただけと主張するヤツの供述とは乖離している状況であるのは確かだ。要するに、限りなく黒に近いグレーといったところだ」

数日後に人事担当常務の村主を委員長とした懲罰委員会が開かれることになるが、処罰の草案は人事グループマネージャーの真野に委ねられていた。

「どうする？　真野」

大崎が心配そうに真野の顔を覗き込んだ。

「私のハラは、ほぼ決まりです」

「どうするつもりだ？」

「それはこの後お話しします。それより深澤次長、女性社員の方は刑事告発云々の他に何か言っていませんでしたか？　例えば、今後の異動先とか」

　こういったトラブルの場合、やった方もやられた方も、元の職場には居づらくなることから、双方ともに人事異動が発令されるのが通例であった。また、話を振った真野は、彼女の要求に満額回答できるのであれば、刑事告発を回避できるのではないかという淡い期待を抱いていた。

「私からも刑事告発だけは勘弁してほしいと伝えたところ、彼女から条件が二つ提示されました。一つは伊藤氏を解雇すること。もう一つは、彼女を秘書部に異動させることです」

　今日、山梨支店へ出向き、伊藤の上司から普段の仕事ぶりなどを聴取して、早々に彼の解雇を決めていた真野にとってはお安い御用だった。

「そうですか。私も今日、伊藤の上司に普段の仕事ぶりなどを聴取して、早々に彼の解雇を考えていました。聞けば、彼はここ数年、傷病休暇と出勤を繰り返しているそうじゃないですか。診断書には鬱病と記載されていましたが、復帰後のヤツの振る舞いは、とても鬱病患者とは思えないほどのはしゃぎようだそうです。まぁ、躁鬱ってことも考えられますが、恐らくこの鬱病は会社にぶら下がるためのフェイクだと思いますよ。傷病休暇が切れて傷病休職に入れば降級になりますが、いつもその直前で復帰している状況を見れば、事は明白ですよ！」

真野は珍しく熱く、語気を強めて言い放った。

「そうか……。ところで、真野君は彼の人事情報は見たのかね？」

熱くなっている真野とは対照的に、瀧川の口調は穏やかだった。

「いえ……。先ほど戻ったばかりで。紙ベースのものは自席からこちらに来る途中で、ザッと目を通しましたが……」

「皆ちょっとこっちへ」

瀧川はソファを立ち上がると、パソコンのある自席へ来るよう促した。

真野、深澤、羽賀の三名はパソコンの画面を食い入るように覗き込んだが、大崎と江藤の部長二名は、すでに状況を把握しているのか、遠巻きに画面を眺めていた。

そこに映るのは他でもなく、伊藤修吾の採用の経緯が記載された、人事詳細情報だった。伊藤の入社は八年前で、ちょうど真野や大崎たちが関連会社へ出向している時期だった。

採用コメント欄には『父、衆議院議員・伊藤欣治。筆記及び面接試験不要。採用とする』とあった。現在の伊藤欣治は、この会社の御上にあたる経済産業大臣の職に在り、息子の修吾を即刻解雇にすることは容易なことではないと誰もが推測できた。

〈まったくウチの会社はまだこんなコネ入社やってたのかよ……〉

人一倍正義感の強い真野は、コネ入社という不公平なやり方を以前から痛烈に批判しており、この現状に呆れるやら落胆するやらでやりきれない気分になった。

「どうだ？　この現状だが、それでも伊藤を解雇するという意志を貫けるか？」

真野は瀧川の問い掛けに即答できず、しばらく俯き考え込んだ。

「……でも、やらなきゃ今野さんから訴えられる恐れがありますからね。こんなことが明るみに出たら会社のイメージダウンは必至ですよ。皆さんはそれを容認しようって言うんですか？」

真野も上司相手に怯まなかった。

「真野君、キミの会社を想う気持ちはもちろん分かる。ただ、キミのやろうとしていることは、職場のセクハラを揉み消そうとしている行為じゃないのか？　人事部のエースともあろう男がそういった思考じゃマズいんじゃないのか？」

霞ヶ関との関係構築は、総務部が担当しており、部長の江藤としては、経産省との関係が拗れるくらいなら、いっそのこと、今野に訴えられた方がその後の処理が容易だと判断していた。

「江藤部長のおっしゃることはごもっともです。人事部としたって、職場のセクハラを揉み消すなんてしたくないですよ。しかし、これは今野さんの要求です。彼女も会社のことを想ってこの判断をしたんだと思います。それと、彼女が考える伊藤への一番の報復は、きっとヤツをクビにすることなんじゃないでしょうか？」

真野が今野の要求を満額回答することに拘っているのは、真野にとって、自身が勤める会社がつまらない不祥事で価値を落とすことは、何としても避けたいという思いがあったからだった。真野には業界のリーディングカンパニー、そして国内でも影響力の強い、誰もが認める一流企業に勤務し続けなければならない理由があった。

「だがな、伊藤をクビにしたら親父さんが黙っちゃいないだろう。経産省との関係が拗れたらどうするつもりだ？」

「私に考えがあります。局長、今回の件、村主常務はご存知でしょうか？」

江藤とのやり取りの中で、何か閃いたのか、真野は普段から常務の部屋を行き来している瀧川に水を向けた。

「あぁ、朝一番で報告しているよ。ただ、今ここで話した内容までは当然のことながら知らんはずだよ」

「ありがとうございます。七月十五日の懲罰委員会までちょうど二週間あります。それまでに常務にちょっと動いていただこうと思っています」

「大丈夫か？　常務はお忙しいからなかなか時間を取ってもらえんぞ」

「やるだけやってみます。とりあえず、明日付の辞令で今野里香を秘書部へ異動させ、村主常務の担当に据えます。それから、常務のスケジュールに上手いこと空きの時間を作るように指示してみます」

「伊藤の方はどうする？」

「彼は正式な処罰が下るまで本社人事部で預かろうと思います。ただ、出てこられても針の筵でしょうから、彼には懲罰委員会までの二週間、特別休暇を付与しようと思っています。大崎部長、それで問題ないですよね？」

「ああ、大丈夫だ。いつでも決裁するぞ」

翌朝
・辞令　今野里香　七月二日付　本社秘書部秘書グループへ異動を命ず
・辞令　伊藤修吾　七月二日付　本社人事部付　異動を命ず
当事者二名の人事異動が発令された。


昼休み、真野は食堂横の売店で購入した一杯百円のコーヒーを啜りながら一枚の人事カードを眺めていた。今野里香のものだ。

東京出身で都内の名門女子高から東京外語大を卒業して入社。入社後の人事考課も毎回満点を獲得しており、新入社員であった二年前には、電話応対コンクールで全国二位。昨年はお客さま対応部門で支店長表彰を受けている優良社員であった。

〈まぁ、今回の一件がなくても、いずれ本社に来る人材だな……〉

真野は内心ホッとした。それもそのはず、今野の条件をのんだのはいいが、正直言って得体のしれない三年目の社員をいきなり常務の秘書に充てるのは、ある意味博打同然の行為だった。

午後の始業チャイムが鳴ると、今野が真野の前に姿を現した。昨日、本社秘書部に異動が決まった時点で、秘書部に行く前に人事へ顔を出すよう伝えていたからだった。

真野はフロアの隅にある打ち合わせコーナーへ行くよう促した。今野の後に続いて打ち合わせコーナーに入った真野は、神妙な面持ちで今野を見つめ、深々と頭を下げた。

「今回の件、本当に申し訳ありませんでした」

本社の、しかも中枢である人事グループのマネージャーが、入社三年目のひよっこ社員に頭を下げるなんて前代未聞の行為だった。『ヒトの不祥事は人事部の不祥事』、これは、真野が初めて人事部に着任した二十代の頃から常に肝に銘じており、部下に対しても事あるごとに口にしてきた言葉だった。採用するのも人事、教育するのも人事。伊藤の入社に関して全くのノータッチだったとはいえ、入社した社員を教育するのは紛れもなく人事部の仕事であった。その社員教育を徹底していなかったが故に起きてしまった事件であると、真野は自らを責めていた。

突然の出来事に今野は慌てふためき、どうしていいか分からなくなったが、とりあえず深々と頭を下げた。しばらくして、真野の上体が起き上がったことを確認すると、それに合わせるかのように今野も上体を起こした。

「まあ掛けてください」

　真野は今野に座るよう促し、自らも硬いパイプ椅子に腰を下ろした。

「ウチの会社で働くことを希望して、毎日一生懸命働いてくれていたのに、不快な思いをさせてしまって、本当に申し訳なく、お詫びの言葉もありません。ヒトの不祥事に関する責任は全て人事部にあり、全社を統括しているこの私にあります。これを契機に社員の皆さんが快適に業務に携われるよう改善して参ります」

　真野は改めて丁寧に頭を下げた。

『自分の思いどおりに仕事を進めたかったら、とにかく人の心をつかめ』。これは、真野の父・力臣が仕事をする上で重きを置いていた言葉だった。今でこそ隠居の身だが、数年前まで首都圏と東日本を営業区域とする巨大鉄道会社の役員を務めていた父の言葉を、常日頃から耳にして育った真野は、相手を優しく包み込む術も知らず知らずのうちに身についていた。

　今野は安堵の表情を浮かべ、白髪交じりの真野のパーマ頭を眺めていた。この時、今野は数年前に内々定の連絡を受けた時のような感覚を覚えた。それは、明るい未来に心躍らせるといった感情だった。伊藤から破廉恥な行為を受けた時は悔しい思いに涙したが、今ここで、真野の想いに触れ、この会社を選んだ自分に間違いはなかったと確信していた。

　やがて、パーマ頭が顔を上げ、視線が合うと真野の表情は若干厳しさが混じっているように感じ取れた。真野はここからが本題だと言わんばかりにグイッと身を乗り出し、小声で囁いた。

「キミがあの条件を提示してくれたお陰で、会社のイメージダウンは今のところ首の皮一枚で繋がっている状態だ。しかし、どっちに転がるかは現時点では何とも言えない。人事としては、キミの会社を想う気持ちに何としても応えたいと思っている。ただ、そのカギを握っているのはキミが今日から担当する村主常務だ。常務は忙しい人だが、私との面会時間が取れるようスケジュールを組んでほしい。遅くとも明後日までには常務と面会したいがやれるか？」

今野は正直のところ自信がなかったが、伊藤を追い詰めるためにはやるしかなかった。そう思うと、自然と首を縦に振っていた。

二週間後　七月十五日　十時　本社九階　第六会議室
出席者は委員長で人事担当常務の村主、総務人事局長の瀧川、経営企画部長の南田、総務部長の江藤、総務部副部長の飯塚、総務部法務グループマネージャーの羽賀、人事部長の大崎、人事部副部長の早瀬、総務人事局次長の深澤、人事部人事グループマネージャーの真野、そして竹中は議事録担当として会に出席した。
「ただいまより、懲罰委員会を開催いたします」

威勢のいい大崎の一声で会が始まった。続いて真野が事の次第をつらつらと述べ、伊藤修吾は懲戒解雇が妥当である旨を提案した。これに対し、総務部の江藤と飯塚は、経産省との関係が拗れることで今後の事業運営に悪影響を及ぼすのではないかと猛反発した。中立の立場として参加していた経営企画部の南田も総務部に加勢し、人事部は劣勢に陥った。委員長の村主は、組んだ両手を卓上に載せ、静かに眼を閉じて双方のやり取りに耳を傾けていた。やがて双方の議論が尽きると、ゆっくりと目を開け、重い口を開いた。

「江藤君、経産省との話はすでについているんだよ。だからそこは心配しなくていい。ただな、真野君、懲戒解雇はいくらなんでもやりすぎじゃないか?」

　村主の圧力にさすがの真野も眼を逸らし、視線を手元の書類へと落とした。

「ここは、もう一段階処罰を軽くして、諭旨(ゆし)解職でどうかな?」

　セクハラ事件だけならまだしも、不正に傷病休暇を取得していた輩に、恩情など無用だと真野は感じていたが、ここで変に突っかかって常務の機嫌を損ねでもしたら、せっかくの苦労が水泡に帰す可能性も多分に孕んでいた。懲戒解雇であろうと諭旨解職であろうと、クビはクビであり、これで今野の条件に満額回答できたことは確かだった。しかし、真野は俯いたまましばらくの間無言だった。

「承知しました。本日付の諭旨解職で発令いたします!」

　全く反応しない真野の態度に慌てた大崎が村主の問い掛けに応じた。

「常務、経産省の方は本当に大丈夫なんでしょうね？」

江藤は心配そうに村主に念押しした。現在の部長連中の中では、社長候補の最右翼と目されている身として、面倒なことに巻き込まれて、その地位を脅かされることを江藤は何よりも嫌っていた。

江藤の問い掛けに村主が力強く頷くと、一同静まり返った。


末席の竹中に会議室の後片付けを頼むと、真野は真っ赤な手帳と資料を手に取り会議室を後にした。すると、一足先に出たはずの大崎が後方から駆け寄って耳打ちしてきた。

「一体どんな技を使って常務にお願いしたんだ？」

「いや、実はですね、一昨年本社に異動して来てから二、三回、会社帰りに八丁目の高級クラブから、常務と伊藤大臣の秘書が連れ立って出て来るのを目撃してるんです」

「大臣本人じゃなくて秘書か？　なんで秘書の顔なんて知ってるんだ？」

「たまに大臣が囲みの記者会見やってますよね？　その時いつも大臣の傍らに居る男がそいつだったんですよ。昔からヒトの顔を覚えるのは得意な方で、街を歩いていても芸能人とか見つけるの、結構上手いですよ」

「芸能人はいいから、それで？」

「それで調べたら、村主常務と伊藤大臣が高校時代の先輩後輩の間柄だっていうことが分かったんです」

「どっちが先輩だ？」

「常務です。そこで、今野里香に常務との面会時間を取ってもらって、何とか丸く収めてもらうようにお願いしたってわけです」

「なるほどねぇ……」

「でも、経産省に借りを作ると後々面倒だから、もうこれっきりにしてくれよって、怒られちゃいましたよ」

真野は手に持っている赤い手帳で、自分の頭をペシペシと叩きながらお道化た表情を覗かせた。

「しかし、村主常務は人事担当と言っても経営企画部出身だろ？　何だって俺たち人事に肩入れしたんだ？　出世競争の双璧を担う経営企画部と総務部に、俺たち人事部が割って入る形になったら、面倒に感じるのは村主さんの後輩の経営企画部の連中だぞ？　後輩の面倒見の良さでは社内随一と定評のある村主さんが敵に塩を送るような真似するかねぇ」

「確かにそうなんですよね。ただ、僕はあまり深読みしないようにしています。村主さんの面倒見の良さが直属の部下、つまり特定の人物のみに向けられているっていうのは僕らの勝手な思い込みで、村主さん自身は広く社内の後輩全体にできる限り手を差し伸べたいと思っているんじゃないですかね」

「それが社内随一と言われる所以ってわけか」

「恐らく。それに、我々人事部出身の目下のトップは岡島副社長ですが、部長もご存知のとおり、長期入院中で明日をも知れないといった状況です。次に来るのは誰だかご存知ですか？」

「……浦田さんかぁ」

「そうですよ！　浦田支店長ですよ。浦田さんは僕らにとって不倶戴天(ふぐたいてん)の憎き敵ですから、岡島副社長にもしものことがあったら、僕らが上に行くための後ろ盾はほぼないと言っても過言じゃないんです。ですから、今回の村主常務のご厚意は前向きに捉えたいんです！」

大崎は自分に言い聞かせるように、うんうんと頷き真野の熱弁に応じた。

社内の出世争いでライバル関係にある総務部と経営企画部。その半歩後ろに人事部が追随するといった図式で、互いに鎬を削る関係であったが、真野には半歩先を歩む総務・経営企画の両部門と上手くやっていきたい明確な理由があった。

第二章　出会い

二十五年前　平成八年　京都

大学二回生に進学したばかりの羽賀は、三条大橋の欄干にもたれ掛かりながらモリタ屋の看板を眺めていた。時折心地の良いそよ風が頬をかすめ、ボーっとしていると、そのまま眠りに落ちてしまうほど、気持ちのいい春の陽気だった。

「うわっ！」

いきなり何者かが羽賀の腰に抱き付いてきた。恐怖のあまり、しばし固まっていたが、恐る恐る振り返り、その正体を確認すると、髪は長くどうやら女性のようだった。頭をつかみ顔を確認しようとしたが、その女は羽賀の腰にしつこく顔を当て離れようとしなかった。振り返った時点ですでに女の正体を見破っていた羽賀だったが、しばしその女を泳がせるため、女の頭を左右に優しく振った。やがてその動作を止めると、女は顔を上げ、満面の笑みを湛えながらペロッと舌を出し、お道化てみせた。羽賀の彼女で同じ百人一首同好会の神崎綾香だった。

「おいっ、ふざけんなって。心臓止まるかと思ったぞ」

「だって、最近全然デートに誘ってくれないんだもん！　意地悪もしたくなるよ」

綾香は頬を膨らますと、羨ましそうに鴨川の畔に腰を下ろすカップルに視線を送った。

京大法学部の頭脳で笑いのセンスも抜群、司法試験の予備校と大学とのダブルスクールをこなし、ストイックな学生生活を送る羽賀は、女子学生から熱い視線を送られていた。そんな羽賀に綾香の方がゾッコンだった。

「ねぇ恵太、百人一首の高校チャンピオンが今年京大に入学したって知ってた？」

綾香は得意そうに羽賀に問い掛けた。

「あぁ、ちょっと前に新聞に出てたよね。ウチのサークルは百人一首といっても昨年できたばかりの同好会だし、創始者の真野さんだって、未経験者どころか、小・中・高ってずっと野球ばっかやってたゴリゴリの体育会系だよ。そんな素人集団の中にマジなのが入って来るわけないでしょうよ」

大物ルーキーの入部を期待していた綾香とは裏腹に羽賀は至って冷静だった。

「今日はこれから真野さんと会う予定なんだ。ゴメンな。また今度誘うよ」

そう言うと笑顔で手を振り、綾香を見送った。

しばらくすると三条駅方面から、黒縁眼鏡を掛けた天然パーマの男が歩いてきた。右手にブラックの缶コーヒー、左手にはミルクと砂糖入りのものを持って、上下にシャカシャカと振りながら、近寄ってきた。やがて、羽賀と眼が合うと、どっちにする？　と言わんばかりに、左右の手を交互に上げ下げした。

　羽賀が真野の右手を指差すと、ブラックの缶コーヒーは緩い放物線を描いて羽賀の胸元に到達した。

「すみません、お待たせしました」

　真野は後輩相手でも礼儀を欠かすことはなかった。

「いえいえ、こちらこそご馳走様です」

　二人は手に持った缶コーヒーを開けると、先斗町方面へと歩き出した。

　真野と羽賀のそもそもの出会いは、学内で夕方に開講されている、司法試験準備講座だった。たまたま隣に座り、何の気なしに話し掛けてみたところ、学年は真野が一学年上だったが、お互い東京出身で、京都好きが高じて京大を受験したという共通点があり、また、笑いのセンスも互いに一目置いていたこともあってか、時折プライベートを共にしていた。

「なぁ羽賀っち、岩倉篤弘って知ってるか？」

「真野さんもその話ですか？」

　岩倉篤弘とは、東京代表から百人一首の高校生チャンピオンになった人物で、ほんの数分前、綾香とその話をしたばかりの羽賀は、目の前に居る男が先輩であることを忘れたかのような呆れた表情を浮かべ、真野の問い掛けに応じた。

「何だよ……」

「いやね、さっき真野さんが来る前に綾香とバッタリ会って、彼女もその話をしてたんですよ。真野さん、ウチのサークルに来るわけないですって」

呆れ顔で言い放つ羽賀を前に、真野は半笑いで切り返した。

「いやいや、人の話は最後まで聞けって。岩倉は高校卒業と同時に競技カルタをやめてるんだ」

「なんでそんなこと知ってるんです？」

「昨日本人に直接会って確認したよ」

「よく見つけ出しましたね」

「まぁ、俺たちと同じ法学部だから、とりあえず、民法総則とか憲法とか、一回生が履修するような講義に顔出せば見つけられるかなぁって」

「でも、彼は競技カルタやめてるんですよね？　なんでそれを知ってる真野さんが彼のことを話題に出すんですか？」

「いい質問だねぇ」

何もおかしいことなどなかったが、二人の顔はなぜかニヤついていた。

「彼が競技カルタをやめたって言うから、咄嗟に言っちゃったんだよねぇ……。ウチのサークルはカルタやってないって」

　木屋町通に入って数十メートルほど進んでいたが、三条大橋まで届かんばかりの大音量で二人は笑い転げた。真野はポケットからハンカチを出して涙を拭い、羽賀に至っては、呼吸困難なのか過呼吸なのか、立っているのもやっとの状態だった。

「やめてくださいよぉ！　ウチにだってマジで活動している部員、結構いますよねぇ？」

　ハァハァ言いながら、やっと発した言葉だったが、真野にはしっかりと届いていた。

「だってさ、ウチはカルタやってないって言ったら、じゃあ入りますって言うんだよ。本人はやる気はないかもしれないけど、その業界じゃあ一応ビッグネームだよ。そういうの入れときたいじゃん。箔が付くし」

「真野さん、そういうのホント好きっすよねぇ」

「バカだな。こういうのは形から入るんだよ、形から。いいか、これは戦略なんだ。本人がやっていようがいまいが、そういう奴が在籍してるというだけで、全国から強者どもが集まってくるだろ？　そうすりゃ、ウチの百人一首同好会だっていずれ歴とした競技カルタ部に昇格する日が来るだろうに」

「で、そこの創始者が真野さんってわけですか」

「まぁ、そんなところかな」

「ところで、彼には何をさせるんです？　カルタやらないんですよね？」

「練習見せればそのうちやる気になるかもしれないし、やる気にならなけりゃ俺たちと駄弁ってりゃいいよ。とにかく会ってみなよ。面白い男だよ」

真野の過剰な入れ込みように、羽賀も何だかその男のことが気になりだしてきた。


木屋町通をさらにしばらく進むと、真野が左手で少し前方を指差した。どうやらそこが目的地らしい。そこは古い木造二階建ての一軒家で、外壁の木材はバーナーで焙ったような限りなく黒に近い焦げ茶色だった。軒先には麻で作られた生成り色の暖簾がぶら下がり、左下には藍色の小さな文字で『温菓子屋』と書かれていた。石の階段を二段ほど上がり暖簾を潜ると、その先には石畳が広がっており、右手には小上がりの座敷スペース、左側はローテーブルとソファのセットが幾つか配されていた。窓の向こうには鴨川の景色が望めるちょっと小洒落たカフェだった。

真野はそこの常連らしく、入るや否や女性店員に軽く手を挙げ挨拶した。窓際のソファ席に案内されると、慣れた手つきでメニューを広げながら、羽賀に問い掛けた。

「さっき店の暖簾見た？　この店何て読むと思う？」

「……そうですねえ」

羽賀はしばらく考え込んだ。

「普通に読めば『おんかしや』なんでしょうけど、ちょっと捻って『ホットケーキ屋』ですかね？」

　真野はクイズ番組の正解発表のごとく贅沢に時間を使うと、くぅ〜といった表情と共に正解発表を告げた。

「惜っしい！　惜しいなぁ。いやね、俺もここに通い出してしばらくした時、店主に同じ質問されてね。羽賀っちと同じ『ホットケーキ屋』って答えたんだよ。そしたら答えは『読み方無し』なんだってさ」

「そんな店あります？　じゃあお客はこの店のこと、何て呼べばいいんですか？」

　羽賀は眼を真ん丸にして驚いた。

「店主が言うには、役所に出す書類なんかは一応『おんかしや』で提出するらしいんだけど、それは不本意なんだって。メニュー見ると分かると思うんだけど、この店の売りは一応ホットケーキで、それは店主も認めてるんだけど、店主の希望としては、この『温菓子屋』という字面を見て、それぞれのお客に店やメニューのイメージを膨らませてほしいんだってよ」

「また、ずいぶん変わった人ですねぇ」

「まぁ、職人なんて皆そんなもんじゃない？　菓子職人だってご多分に漏れずってことなんだよ、きっと」

「で、真野さんはこの店のこと何て呼んでるんです？」

「俺か？　俺はこの店のことは『ルビ無し』って呼んでるよ」

「は？」

羽賀は若干身を乗り出し、聞き返した。

「いや、だから、ルビがないから『ルビ無し』だよ」

「うわ！　ここにも変わった人、一人いた」

羽賀は真顔になって、真野のことを指差した。

「そんなこと言ったら、さっき話してくれた店主の想いってヤツは一体どこに行っちゃったんですか？　お店もメニューも全くイメージできませんよね？」

真野は羽賀のもっともなツッコミに、一方の羽賀は真野のボケっぷりに二人揃って腹を抱えて大爆笑の渦に陥った。

ひとしきり笑い終えて、お互い我に返ると、先ほどの女性店員がカウンター越しにこちらを覗いていることに気が付いた。二人は慌ててメニューのページを捲ると、揃ってコーヒーをオーダーした。


この春から三回生になった真野は、就職活動に直面し悩んでいた。今日、羽賀を誘ったのは他でもなく、そのことについて聞いてほしいことがあったからだった。

「なぁ羽賀っちさぁ、羽賀っちはもう本気で法曹三者にターゲット絞ってるの？」

「えぇ、まぁ……。真野さんは一般企業って言ってましたよね？」

「そうだね。夕方の準備講座も、マジで狙ってるというより、ざっくり頭に入れておいて、社会に出た時に役立てるってイメージかな。あわよくば来年あたり司法書士試験にでも合格できたらなって感じだよ」

「で、就活どうです？」

「それがなぁ……。大学の就職相談室に足を運んで、いろいろとスタッフの人に聞いてるんだけど、どうも腑に落ちないんだよねぇ」

真野は腕を組んで、眉をひそめると身体を上下に揺すった。

「何がです？」

「いやね、聞くところによると、少なくとも二十社くらい、多い奴は百社以上エントリーする奴もいるんだってよ」

「まぁ、この不景気ですからね」

「でも、ウチみたいな国立はまだ良い方なんだってよ。私立なんて、早慶みたいな名門でも結構苦労するらしいよ」

法曹三者を目指す羽賀としては、現時点で特に気に留めることでもなかったが、自身も司法試験にパスできなかった場合のことを考えると、あながち他人事でもなく、しばし真野の話に耳を傾けた。

「で、エントリーシートってのを書くんだけど、志望理由って必ず書かされるでしょ？　仮に二十社しか受けなかったとして、第一希望の会社は、自分の思いの丈を綴れると思うけど、第二十希望の会社の志望理由なんて無理矢理絞り出す感じだよね、きっと」

「確かにそうですね。そうなると、百社受ける奴の第百希望の志望理由なんて、もはや嘘八百並べてるだけっすね」

ついさっきまで、真剣に聞き入っていた羽賀だったが、半笑いになって合いの手を入れた。

「だろぉ!?　何かおかしいよな。大して入りたいわけでもない会社に入社する新入社員、そしてそれを受け入れちゃう企業。まぁ、皆がみんな第一希望の会社に入社することができるわけじゃないから、しょうがないと言えばしょうがないんだけどね……」

真野は今しがた運ばれてきたコーヒーに手を伸ばし、一口二口啜ると話を続けた。

「ゼミにフランスからの留学生が居るんだけど、どうも海外の就職事情はこっちと違うらしいんだよね。日本は春に新卒を一括採用するけど、海外は空いたポストに求人が出て、それに応募するらしいんだ。それと、転勤みたいなものもなく、基本的に同じ仕事をやり続けて、その道のスペシャリストを目指すんだってよ。つまり、皆が自分のやりたい仕事を自分で探して、自分のペースで就職活動できるってわけだ。ていうことはだよ、さっきの第百希望の話じゃないけど、もし日本も新卒の就職活動が、フランスみたいな制度だったら、周りの友達がどんどん内定決めてるからって、焦って大して興味があるわけでもない業界に就職するってこともなくなると思うんだよね」

「なるほど。確かに日本社会は、どんな仕事をしているかっていうよりも、どこの会社に勤めているかっていうのを重視してますよね」

「そうなんだよ。でも、その考え方はやっぱり根本から変える必要があると俺は思うね」

「でも、それを決めてるのって国の経済団体ですよね？　ってことは、狙いは経済団体の会長ってことですか？」

「いやいや、そんな大それたこと」

真野は右手を左右に軽く振り、あっさりと否定した。

「別に会長の鶴の一声で、いろんなことが決定しているわけでもないだろうから、会長の座はまぁいいとして、そういった方針を打ち出すためには最低限、社会的影響力のある大企業に就職して、トップの座を狙う必要があるかなって」

「例えばどんな会社です？」

羽賀の問い掛けに、真野は鞄の中をまさぐり、真っ赤な手帳を取り出すと、それをテーブルの上に置いた。紐上の栞を丁寧に持ち上げページを開くと、そこには十数社の企業名が羅列されており、さらに二つの企業には赤いサインペンで丸印が付けられていた。

「ミカワ自動車と東都電力ですか。いずれも業界のリーディングカンパニーですね。候補はこの二社だけですか？」

「いや、あとは電気機器メーカーの筑波製作所と東日本電気鉄道かな。ただ、東日本電鉄はウチの親父の勤務先だから、最終的には外そうと思ってる」

「どうしてです？　いいじゃないですか、親父さんのコネ使って入社しちゃえば」

羽賀は何も知らずに思わず軽口を叩いた。

「俺が東日本電鉄に入社できる条件は、少なくとも俺が採用試験を受ける前までに親父が退職してなければならないんだ。会社の規定で、役員以上の社員は自分の子供を入社させられないっていうのがあるみたいでね」

「てことは、もうすでに役員なんですね？」

羽賀と真野は、週三回夕方の司法試験準備講座で顔を合わせて雑談する仲だったが、話すことと言えば、お笑いの話と女の話が八割から九割を占めており、あとは時たま旅行の話が出るくらいで、互いの家の話をしたことなどほとんどなかった。故に初めて耳にするその事実に、羽賀は驚きを隠せない様子だった。

「今は取締役人事部長なんだけど、再来月には常務取締役に昇格だって、この間花見に来た時に会ったオカンと姉貴が言ってたわ」

「すごいじゃないですかぁ！」

「まぁ、嬉しいことではあるんだけど、一方で、さっきも触れたとおり、俺の就職戦線には異常ありなんだよね」

「どういうことです？」

「鉄道会社みたいにヒューマンエラーが即大事故に繋がるような企業は、社員教育・人材育成がもっとも重要で、コストの掛け方も半端ない。その責任者である人事部長は社長の椅子にかなり近い存在なんだ。今回常務に昇格して、サラリーマンとしての寿命がさらに延びたわけだけど、このまま順調に行けば、あと数年は東日本電鉄に籍を置いているというわけだ。つまり、俺は入社できない。だから、選択肢から消える可能性ありってことなんだよね」

「そうですかぁ……。真野さん旅行好きだから、そこなら楽しく仕事できそうなんですけどね」

「まぁな。でも完全に諦めたわけじゃないんだ。息子として、親父のサラリーマン人生が早く終わってほしいなんて微塵も思っちゃいないけど、俺の学生生活が長くなればなるほど、東日本電鉄に入社できる可能性は徐々に上がっていくことにもなるんだよね」

「まさか、親父さんが退任するまで留年するなんて言わないですよね？」

「それはない、それはない。そこは自然の流れに任せるよ。ただ、学部を卒業したら院に行こうかなって思ってる。社会に出る前に経営学の勉強をしておこうかなと思って。幸いにも商法のゼミだし、経営学ならその知見を活かしてさらにレベルアップを図れると思うんだよね」

「経営学修士ってヤツですか。最近流行りですもんね。ウチの大学にも経営管理教育部がありますし」

「うん……。ただ、ウチの大学院に行くかは正直迷ってるんだ。こっちに居ると親父との会話はゼロだろ？　やっぱり社会人として大先輩である親父の話も参考に、いろいろと考えたいってのもあるんだよね」

「そうなると都内の大学院ですか」

「そうだね。幾つかあるけど、実績やら海外からの評価やら諸々考えると、やっぱり早慶もしくは一橋かな。ただ、調べたら私立の学費は国立の三倍以上だから、最終的には一橋になるかもね」

「とりあえず、大学院に進学ですか。それもいいかもしれないですね。二年も経てば就職戦線もいい方向に変化しているってことも考えられますしね」

「ホント、奇跡的にいい方向に向かっていればいいけどね。いろんなことが……」

真野が大学院に進学するのには、現在の就職氷河期を回避することはもちろんのこと、それ以上に大きな理由が存在していたのだった。


ある日の夕方、鴨川の畔は赤とんぼの群れで賑わいを見せていた。真野は目の前を横切るとんぼに目もくれず、一人物思いにふけりながら歩いていた。彼岸で父の実家である群馬の高崎に墓参りに行くため、先週から一週間ほど東京の実家に帰省しており、戻ってきてから久し振りに感じる京都の風だった。真夏の京都はとにかく風が吹かず、晴れた日は立っているのもままならないほどであるが、真野が東京に帰省していた一週間のうちに、少しずつ季節は移り、確実に秋の訪れを告げていた。半袖に短パンの装いで外出した真野は、露出している肌に時折触れる初秋の風を感じながら、帰省時に父・力臣に言われた言葉を思い出していた。

その日、真野家の食卓を囲むのは両親と真野の三人だけだった。五つ年上の長女・佳緒理は、来年の春に結婚を控えており、婚約者とすでに同棲中。また、三つ上の長男・智史は、明治大学卒のラガーマンで、社会人リーグの強豪シバウラ電産に入社と同時に会社の寮に引っ越しており、共に不在だった。

三人の子供たちが幼かった頃の力臣は、とにかく厳しく、特にやんちゃ坊主の男二人に対しては鉄拳制裁も珍しいことではなかった。甘やかして育てるのは簡単なことだったが、そんな育ち方をしようものなら、人の痛みも分からず、傍若無人な振る舞いをする大人になり兼ねないし、何より厳しい社会を生き抜いていくことが困難であることを、力臣は誰よりも理解しているつもりだった。

そんな父親を自然と遠ざけるようになっていた中高生時代であったが、末っ子の真野が大学に合格すると、人でも変わったように柔和になり、会話も自然と増えていった。

「なぁ暢佑、もう就活の準備はしているのか？」

力臣は食卓に上がった焼き立ての餃子を一口頬張り、箸を置くと、切り出した。一方の真野は納豆を陶器の器に移し替え、箸でグルグルグルグルとやっていた。

「うん……。と言っても、卒業後は大学院に進学しようと思ってるんだ。社会に出るにはまだまだ勉強不足な気がして」

「そうか……。で、院で何を勉強したいんだ？」

「経営学をやってみたいと思ってるんだけど、父さんどう思う？」

「そうだなぁ……。率直な意見を言うとだな、文系のマスターってのは、実は企業では採用されにくいっていう傾向がある。そういう意味では賛成できない部分もあるんだが、ただ、これからの時代はどうなるか分からん。法学と経営学という、専門分野を二つ持つお前のような人材が重宝される時代がこれから来るかもしれんしな」

「で、結局どっち？」

「確かにリスクはあるが、若いうちは失敗しても何とかなるもんだ。それに、勉強して無駄になることなんて何一つない。チャレンジしてみろ」

力臣は秘かに期待を寄せていた末っ子の成長ぶりに目を細めた。

「ところでお前、父さんが長いこと会社で人事の仕事をしているのを知っているよな？」

真野は先ほどかき混ぜていた納豆をご飯と一緒にかっ込みながら首を縦に振った。

「経営学を勉強するなら、人事に関する研究をしてみたらどうだ？　業務がスムーズに運ぶ組織作りだとか、業務効率化とジョブローテーションのジレンマとか、人事が直面している課題は結構あるし、それより何よりヒトは面白いぞ」

力臣は若干テンションを上げながら、さらに饒舌になって話を続けた。

「人の可能性ってのはな、無限大なんだ。皆多かれ少なかれ可能性を秘めている。それを上手いこと引き出してあげるのも人事の仕事なんだ。燻ってる奴がちょっとした切っ掛けで覚醒したりするのを目の当たりにすると、ホントに人間の能力ってすごいなって思うよ。その切っ掛けは、何気ないアドバイスだったり、人事異動だったり、様々だけどな」

「確かに野球もそうだよね。甲子園のスターが鳴り物入りで入団しても、鳴かず飛ばずの選手がいる一方で、ドラフト下位指名で入団しても、いい監督・コーチについて急成長する選手もいるもんね」

「そういうことだ。だから、人を一つの側面から見て、コイツはできるとか、コイツはダメだとかは絶対に判断するなよ。皆個人個人得手不得手ってもんがあるんだ。人事がそこを見抜いて輝かせてやるんだよ。そういう意味では人を見抜く心眼みたいなものも必要になってくるかもな」

「人の本質を見抜く眼とかっていうのは、経験に比例してくるもんなんじゃないの？」

「あぁ、確かにお前の言うとおりだ。だがな、ちょっとした経験と知識である程度のことが分かる場合もある」

「何それ、どういうこと？」

真野は目の前の餃子に箸を伸ばしたが、取らずに箸を置き、力臣の話に耳を傾けた。

「観相学だ。父さんがまだ人事部で係長をやっていた頃だが、銀座の人相見を採用面接の面接官として招いていたんだ。何年かお世話になっていたんだが、父さんが金沢に転勤になって、その半年後に人事部長になった人が妙に占い嫌いでな。そこでパタリと縁が途絶えてしまったんだ」

「ふーん。で、その人相見はそんなに当たるの？」

「父さんも最初は眉唾ものだったんだがな、これが結構すごい。バカにできないぞ。最終面接まで進んだ一人の学生が居たんだが、そいつの受け答えがどうも歯切れが悪くてな。副社長以下全員不採用の意向だったんだ。ところが、その人相見の先生だけが絶対に採れって推してきてな。で、渋々採用したんだが、あれから二十年以上経った今、そいつは同期の中でぶっちぎりの出世頭だよ。何年か前にそいつに会う機会があったから、当時のことを聞いてみたんだが、あの日は朝から下痢でやっとこさ会社に辿り着いて面接に臨んだんだってさ」

「その人相見って今どこにいるの？」

「詳しい場所は知らないけど、京都の先斗町辺りに居るらしいぞ。お前、インターネットで調べてみたらどうだ？　名前は櫻田大道先生だ」

真野はすぐさま京都に居る羽賀に電話を入れ、大学内のパソコン室で調べてもらうよう依頼した。

そして東京から京都に戻り、自宅アパートへ帰る前に羽賀のアパートに寄ると、櫻田大道が出入りしている店は意外にもアッサリ突き止めることができたというのだ。

その情報を知り、半袖短パン姿で勢いよく飛び出したまでは良かったが、真野は、正直行くべきか、行かざるべきか、迷いに迷っていた。

ふと我に返り、辺りを見回すと、すでに七条の辺りまで下って来てしまっていた。真野はフゥと大きく息を吐くと、その日は訪れるのを諦め、京都駅の方へ向かっていった。

あくる日、大学へ行くと、司法試験準備講座が開講されている教室には、すでに羽賀と岩倉が談笑していた。大学の通常講義はまだ夏休みで開講されていなかったが、この特別講座は一足早く開講されていた。この頃になると、真野も羽賀も岩倉のことを『ガンちゃん』と呼ぶほどの仲になっており、プライベートを共にすることも珍しくなかった。

大学の講義がある時の特別講座は、夕方のみの開講であるが、夏休み期間中の現在は、朝十時から昼休みを挟んで、夕方六時までみっちりと授業が組まれていた。

新入生の岩倉は、真野と同じく法曹三者を希望していなかったが、国家公務員一種受験の下地を作るためと、二人の先輩よりも身を入れて勉学に励んでいた。

この日も夕方六時に講義を終えると、三人はサークル活動の場として利用している法経済学部東棟の四階に向かっていた。羽賀と岩倉はお互いの共通の趣味であるプロレスの話題で盛り上がっていたが、真野は話には加わらず、二人の二、三メートル後方を歩いていた。しばらく進むと、建物に入る直前で真野は立ち止まり、後方から二人に声を掛けた。

「ごめん、今日俺、ちょっと行くところあるから」

二人は真野の声に反応して振り返った。

「どこ行くんすか?」

「ちょっと……」

真野はバツが悪そうに言葉を濁した。

「練習どうします?」

「任せるよ。やる奴は勝手に自主練するだろうし」

「まぁ、そうっすね。了解でーす」

二人は手を挙げると、踵を返した真野の背中を見送った。岩倉は首を傾げていたが、先日真野より人相見の調査依頼を受けていた羽賀はピンと来ていた。真野の姿が見えなくなると、二人はプロレス談議を再開し、建物の中へと消えていった。

　一方の真野は、構内を出ると体育館の脇に停めておいた愛用の自転車に飛び乗り、先斗町に向けて東大路通を南下した。この時間になるとすでに陽も落ちて、辺りは薄暗く、頬をかすめる風も昨日より一段と冷たく感じた。しかし、そんなことはお構いなしに、僅かばかり遠くに見えるネオンサインを目指し、懸命に風を切った。期待・緊張・不安、いろんな感情が入り交じり、不思議とペダルを漕ぐ脚に力がこもった。数分もすると、三条大橋はもうすでに目前に迫っていた。ペダルを漕ぐ脚を緩め、三条大橋を渡ると自転車を降り、木屋町通に入った。通りに入って間もないところにその建物はあった。行きつけのカフェ『温菓子屋』よりはだいぶ手前であったが、頻繁にこの通りを通っていながら全く気にも留めていなかった。

　五階建ての雑居ビルの二階には木造の看板が掲げられており『ビアンカの酒場』と彫られていた。真野は入り口へ通じる外階段を上り、恐る恐る中の様子を窺った。奥の方は暗くてよく見えなかったが、手前にはカウンター席を五、六席確認することができた。いよいよ店内へ、といったところだったが、妙な手汗に自身がことのほか緊張していることに気が付き、一度大きく深呼吸することにした。そして、入り口の扉に手を掛け、ゆっくりと手前に引いた。

　カランカラン……来客を知らせるベルの音が店内に響くと、奥から大柄の男が顔を出した。真野も一八四センチとかなり大きい方であったが、目線はさらに高く、一九〇センチを超えるほどの大男だった。年齢は五十前後といったところか、顔の彫りは深く、口の周りには立派な髭を蓄えていた。また、髪はオールバックで、生え際は若干エム字型に禿げ上がっており、パッと見たところ、ゴッホの自画像を想起させる風貌であった。

「いらっしゃい。見てのとおりここはバーだけど、お客さん飲める年齢かい？」

男は二日酔いなのか、気怠そうに話し掛けてきた。

「ええ、まぁ……」

真野は今年の夏に二十一歳になっており、十分飲める年齢であったが、普段から酒を口にしていなかった。

「何だ、飲みに来たんじゃないのか？」

カウンターの席に座るでもなく、ただ突っ立っているだけの真野にイラついたのか、口調は第一声よりも若干強くなった。

「ここに、櫻田大道先生っていう人相見の先生が居るって聞いて伺ったんですが」

真野は目の前のゴッホ擬(もど)きに臆することなく、ここに来た理由を告げた。

すると男は、真野の顔を正面から覗き込み、さらに左右両方からも舐めるように見回した。

「……キミ、仕事は何してる？　学生か？」

男はぶっきら棒に真野の人相を評価し始めた。

「えぇ、まぁ……」

「どこの大学？」

「京大ですけど」

「なるほどな。なかなかの人相をしてるぞ。特に眼が良いな、眼が」

真野の眼は、一重瞼であったが、そのわりに大きく横幅のある眼で、一重瞼の眼にありがちな腫れぼったさとは無縁の一重瞼だった。

「よく、眼が輝いてるっていうだろ？　キミの眼はいわゆるそれだ」

自分ではそんなことを意識したことなどなかったが、以前、高校一年生の時の担任にそんなようなことを言われた過去を思い出した。

〈もしかして、この人が……〉

真野は、この男が探し求めていた櫻田大道だと確信して、本題を切り出そうとした。

しかし、次の瞬間、男は慌てるように大きく手を振り、真野の言葉を遮った。

「いやいや、俺は櫻田大道先生じゃないよ。ここの雇われ店長の郷田っていうんだ。ただ、先生からいろいろと教わっているから、ズブの素人よりは、まぁ語れるかな」

「じゃあ、先生は？」

アポ無しとは言え、来たからには、真野もただでは帰りたくなかった。

「それがね。気まぐれなんだよなぁ。来たり来なかったり。もしかしたら、明日来るかもしれないし、もう一生来ないかもしれない。そんな感じなんだわ」

郷田と名乗ったその男は半分呆れかえったように、現状を告白した。

「もし、先生がお目見えになったら、こちらに連絡をください！」

そう言うと、真野は財布の中から一枚の紙を取り出した。そこには『京都大学　百人一首同好会　代表』と記載されている。同好会創立と同時にちゃっかりと名刺を作っていたのだった。

真野は名刺を裏返すと、算用数字で『4・9・5・1』と記入し、郷田に手渡した。

「表に書いてあるのは、僕のポケベルの番号です。繋がったらこの数字を入力してください」

「よん・きゅう・ご・いち?」

郷田は首を傾げて、走り書きで書かれた数字を読み上げた。

「至急来い、です」

真野が暗号の意味を解説すると、郷田はフンと鼻で笑い、名刺をシャツの胸ポケットにしまい込んだ。

『ビアンカの酒場』を訪れて、かれこれ二週間ほど経過していたが、郷田からの連絡は一向に来なかった。もしかしたら、郷田の言ったとおり、一生姿を現さないのかと思うと、真野は居ても立ってもいられなかった。すでに後期の講義は始まっており、特別講座は十八時から二十一時までとなっていた。講義室で羽賀と岩倉に別れを告げると、体育館脇に停めておいた自転車に飛び乗り、再び『ビアンカの酒場』を目指した。

入り口の外から中の様子を窺うと、さすがに二十一時を回っているとあって、店内は大盛況の様子だった。真野が入り口の扉を手前に引き店内に入ると、カウンターの上にぶら下がっているワイングラスの向こうから、郷田が腰を屈めて入り口の方へ視線を向けた。

「よう！　兄ちゃん。いらっしゃい」

郷田は真野の姿を見るなり威勢よく声を掛けた。真野はカウンターまで歩み寄り、忙しそうに厨房を取り仕切る郷田に話し掛けた。

「郷田さん、その後先生はいらっしゃいましたか？　……」

郷田はしばらく無言でトマトをスライスしていた。やがてトマトを皿に盛りつけると、藍色に染められたエプロンを真野に放り投げた。

「兄ちゃん、悪りぃな。今日バイトの女の子が急に休んじゃってよ。皿洗い頼むよ。営業終わったら、話聞いてやっから」

真野は渋々エプロンを身に纏い、カウンターの隅にあるシンクへと向かった。本日の営業開始から洗い物には全く手を付けていない様子で、シンクは文字どおり山のようになっていた。大きさに関係なく普通の皿は難なく洗うことができたが、ワイングラスを洗うのには専用のスポンジを使わないと上手く洗えなかったため、若干の苦戦を強いられた。

ひたすら洗うこと三時間、ようやく二十四時の閉店を迎えた。最後の洗い物を終え、濡れた手をエプロンで拭うと、静かにエプロンの紐を解いて丁寧に畳んだ。

「郷田さん、すみません、俺今日帰ります。もう遅いんで。明日学校ありますし」

「そっか。ごめんな、話聞いてやれなくて。それと、櫻田先生はあれから顔出してないよ」

「そうですか……」

真野は肩を落とすと、さっき畳んだエプロンを鞄の中へしまおうとした。

「お、おい！　エプロン」

郷田は慌てて声を掛けた。

「いやいや、盗むわけじゃありませんよ。僕が使ったエプロンですから、しっかり洗濯してお返しします」

「悪いな。何から何まで……。なぁ、兄ちゃん、もしよかったらなんだけど、俺が観相学を教えようか？　前も言ったけど、俺も少しは分かるんだぞ。何と言っても先生直伝だからな」

郷田は少し得意げになって真野に提案した。

真野はエプロンを上手く鞄の中にしまい込めずにモゾモゾとしていたが、ピタリとその手を止め、顔を上げた。

「いいんですか？」

「あぁもちろんだ。俺から言い出したんだからな。この店は月曜定休だから、それ以外の曜日ならいつでもいいぞ。ただ、仕込みをしながらになるから、そんなに丁寧には教えられる自信ないけど」

真野は月・水・金の夕方に司法試験準備講座を受講しており、火曜日はサークル、木・土の夕方はおおむね学習塾講師のアルバイトが入っていた。

「日曜とか大丈夫ですか？」

「よし。じゃあ日曜だ。仕込みは十二時からで開店は十七時からだから、その間の時間でな。それと、仕込みの手伝いもお願いしたいんだけど、いいかな？　あ、もちろんバイト代は出すよ」

「ありがとうございます。よろしくお願いします」

真野は丁寧に頭を下げた。正直言って、仕込みのバイト代は観相学の授業料と相殺と言って、タダ働きさせられるものだと覚悟していたので、儲けモンだった。

それ以降、真野は毎週日曜になると、『ビアンカの酒場』へ出掛けた。ただ、櫻田大道直伝という、郷田の観相学は思いのほか難しかった。

顔の各部分の形や状態、例えば眼で言うと、眼と眼の間が近い女は本妻向きで、離れている女は愛人向きだとか、額と頬と顎の三箇所が前に突き出ている女は『三権面』と言って三度嫁いでも未だ収まらずとか、そういったものは真野も理解できたが、顔のある部分の色の変化やくすみで吉凶が出るといったところは、どんなに例題となる人相を見ても他の肌の色との区別がつかなかった。それでも、理解できる部分については興味深く、徐々に真野ものめり込んでいった。中でもことさらに興味を引いたのは、眼を見ただけで利口な人間が分かるというものだった。それも輝きがどうのとか、そんな難しいことではなく、本当に一目見れば素人でも判断できる特徴だった。真野は大学で同じクラスやゼミ、サークルに至るまで一人ひとりの眼を観察したが、切れ味鋭い人物は皆その特徴を持っていたのには本当に驚かされた。もっとも、その特徴を持っていないからといって、利口ではないというものでなかった。

就職したら父親と同じように、人事部の社員として腕を振るうといった青写真を描いていた真野にとって、この手の知識はありがたかった。決定的な強さを発揮するわけではなかったが、他人と違った切り口で、自らの意見を発信できる点でインパクトがあると感じていた。

かれこれひと月以上も通っていると、お互い気心も知れてきて、いつしかプライベートの話もするようになっていた。

「真野ちゃんよぉ、彼女いないのかい？」

京大生で体格もよく、顔だって決して悪くない真野が、毎週日曜に休まずここに来ることに、大きなお世話だとは分かっていたものの、郷田は気になっていた。

「今は特定の人はいません」

真野は淡々と答えたが、郷田は『特定の人』というワードが妙に引っ掛かった。

真野も羽賀ほどではなかったが、大学ではそこかしこで恋の話題に上がるほど、女子学生からの人気はなかなかのものだった。ただ、特定の彼女を作らないのには理由があった。

聞くところによると、真野は入学して間もなく、同じクラスの女子と付き合ったが、あまりにも楽しみすぎて勉強が疎かになり、前期の定期試験が散々な結果になってしまったという。それ以来、真野は自身が小学生時代から、根っからの女好きだと自認していたこともあり、あえて女性との距離を置くようにしているとのことだった。

「そうかぁ、今のところ女には興味ないってか……」

郷田は取って置きの話でもあったのか、残念そうにボソッと呟いた。


十一月も残り僅かとなると、めっきりと冷え込み、今朝のニュースでは、昨日木枯らし一号が吹いたことを伝えていた。

この時期になると、真野の学習塾講師のバイトも最後の追い込みといった段階に入り、忙しさを増していた。通常は木曜・土曜の勤務であったが、塾は日曜も開校となり、真野も他の講師と同じように駆り出されていた。

必然的に毎週楽しみにしていた観相学の講義はしばらくお預けの状態となり、日曜はしばし学習塾講師のバイトに重点を置く生活とならざるを得なかった。ならば、他の曜日にと思い時間捻出を試みたが、特別講座の他に学部の後期試験の対策もやらねばならず、結局行けずじまいだった。

その生活は年を越して、二月一杯まで続いた。三月に入り、心なしか寒さも和らいだ二週目の日曜日、真野は久々に『ビアンカの酒場』を訪れることにした。いつものように外階段を上り店内に入ると、カウンターの向こうにはソバージュ頭を赤く染めた女性の姿が目に入った。

「ごめんなさい、営業は五時からになりますけど！」

女はよほど忙しかったのか、来客を知らせるベルの音が鳴るなり、こちらを見向きもせず、カウンターの向こうから大きな声を張り上げた。真野はお構いなしにツカツカと女に近寄り問い掛けた。

「失礼ですが、あなたは？」

女は手を止め、ギロリと真野の方に睨みを利かせた。

「ホントに失礼だね！　アタシはここのオーナーだけど、アンタこそ何モンよ！」

「そうでしたか……それは失礼しました。私はここで二カ月ほどアルバイトをさせていただいていた真野と申します」

真野は自身の非を認め丁寧に謝罪すると、さらに続けた。

「今日は、郷田さんは？」

真野の問い掛けに女はキョトンとした表情を浮かべ聞き返した。

「誰だい？　そんな人知らないよ」

「いや、あの、髭で背の高い……」

真野は慌てて郷田の特徴を伝えた。

「あぁ、櫻田さんのこと言ってんのかい？　彼なら去年の年末に出て行ったよ」

女は涼しい顔で答えたが、それを聞いた真野はしばらく呆然と立ち尽くしていた。

〈しまった……やっぱり櫻田先生だったか〉

父・力臣から櫻田の話を聞いた時に、風貌の特徴も聞いておくべきだったと、自身の詰めの甘さを大いに悔いた。

「で、櫻田先生はどちらへ？」

女は若干呆れた表情を浮かべ、真野の問いに答えた。

「アンタ、ちょっと勘違いしちゃあいないかい？　あの背のデカい男は大道先生じゃないよ。先生の息子さんだよ。出来の悪いね」

確かによく考えてみれば、力臣が係長の頃といえば、かれこれ二十五年から三十年ほど前になる。郷田が五十歳だとしたら、当時二十歳から二十五歳という計算だ。何よりも経験がものを言うのが占い師という職業であり、大企業の人事部がそんな駆け出しの若造を起用するとは到底考えにくかった。

「そうでしたか……。大道先生は、最近こちらにお見えになっていますか？」

「そうだねぇ、もうかれこれ一年以上顔を出してないかねぇ……。もう他所の土地に行っちまったかもね」

そう言うと、女は止めていた手を動かし、仕込みを再開した。

一方の真野は女に軽く会釈をすると、ガックリと肩を落とし、店を後にした。見上げた空は真野の心の内とは裏腹に青く澄み渡り、頬をかすめる風は春の訪れを間近に感じる心地よいものだった。

五月中旬の土曜日、真野は、羽賀と岩倉の二人を行きつけのカフェ『温菓子屋』へ呼んでいた。五月の母の日にあたる第二日曜日に行われた司法試験短答式が終わると、特別講座は五月一杯休講となり、それぞれ学年の異なる三人が顔を合わせるのは若干久し振りだった。いつものようにローテーブルのあるソファ席へ通されると、真野は先日行われた羽賀の司法試験について切り出した。

「羽賀っち、この間の司法試験どうだった？」

羽賀はコップの水を一口含むと、不敵な笑みを浮かべて、真野の問い掛けに応じた。

「自己採点だと七割ほどの正解率なんで、正直微妙ですね」

「そっかぁ……短答式は難易度によって合否のラインが結構動くらしいからね」

「そうなんですよ。でもまぁ、今年ダメでも来年ありますからね。初挑戦で七割はまぁ上出来だと思ってますよ」

羽賀は意外にもあっけらかんとしていた。恐らく今回の受験で何となく感覚をつかめたのだろう。今後の対策はもう十分に練っていますと言わんばかりだった。

「ところで、今日は何です？」

本当はいきなり本題に入りたかった真野だったが、内容が内容なだけに話しづらく、とりあえず他の話題で場を温めた後、さり気なく切り出そうと考えていた。ところが、そんな時間すら与えてもらえず、羽賀からの直球が胸元にズドーンと飛び込んできた。

「いや、実は今日お呼び立てしたのは……」

いつもの真野らしくなく、若干歯切れが悪かった。

「実はお二人に折り入ってお願いがある」

いつになく真面目な表情の真野に、羽賀も岩倉も緊張した面持ちになり、真野の話に耳を傾けた。

「……二人の人生を俺に預けてもらえないだろうか？」

「え〜！　何ですか！　藪から棒に」

二人は顔を見合わせて、ほぼ同時にハモるように真野の言葉にツッコミを入れた。

「まぁまぁ、落ち着いて落ち着いて」

真野は苦笑いを浮かべながら必死に二人を宥(なだ)めた。

「羽賀っちには去年の今頃かな？　ちょっと話したと思うんだけど、俺の進路問題」

「確か都内の大学院で経営学を勉強するって言ってましたよね？　それと僕らの人生と何の関係があるんです？」

羽賀は納得のいかない様子で食い下がった。

「俺が大学院に進学する理由は、経営学を勉強したいのももちろんそうなんだけど、岩ちゃんの学部卒業までの時間稼ぎといった側面の方が強いんだよね」

「どういうことです？」

今度は岩倉が真野の顔を覗き込むように、前のめりになり問い掛けた。

「羽賀っち、あの時の話の内容覚えてる？」

「確か……日本の新卒一括採用を痛烈に批判してましたよね。フランスはああだとか、こうだとか」

「そうそう。さすが、よく覚えてんじゃん。バブルが弾けてもう数年経つけど、立ち直るどころか、年々景気は悪化、就職だって超氷河期時代だろ？　インターネットで世界中が繋がり始めてる現代の社会において、日本が好景気に沸いていたやり方はもう通用しない時代に突入していると思うんだよね。産業構造も人の流れもね。恐らく、俺が思うに年功序列や終身雇用の制度なんて十年後には破綻してるんじゃないか？　と思うよ」

普段、真面目な話などほとんどしない真野だったが、何とか二人を説得しようと、この日はいつもの真野とは様子が違っていた。

「去年話に出した、新卒一括採用だって日本独自のやり方だろ？　いつまでもこういうのに囚われてると、世界から置いてきぼりを食らう羽目になるんだよ」

「で、そういった日本独自のものを抜本的に改革するために、最終的には経済団体の会長だけど、さすがにそれは恐れ多いって言うんで、まずは国内の一流企業のトップを狙うって話でしたよね？」

羽賀は上手いタイミングで合いの手を入れ、初めてこの話を聞く岩倉にも分かるように話を纏めた。

「いかにも。でだ、一流企業のトップに昇り詰めるのには、一人じゃさすがに厳しいだろってのが俺の見解なんだ。やっぱり何かを成し遂げるのに仲間は必要だろ？」

「そりゃあそうですけど……」

納得いかなさそうにボソッと呟く羽賀をよそに真野はさらに続けた。

「例えばね、ちょっといろいろと会社を調べてみたんだけど、どの会社にもエースの系譜みたいなのがあって、社長を輩出している部門っていうのはある程度決まってるんだよね。比較的多いのが企画部門を経験している人が社長になるケースだね。あとはウチの親父が勤めている鉄道会社とか、銀行なんかは人事部門が強かったりさ。他にも総務・法務部門が強い会社とか、まぁいろいろあるわけよ。で、考えたのがこの三人で同じ会社に入社して、それぞれ違う部門に配属希望を出して、お互いサポートしながら徐々に昇り詰めていくってわけよ。

別にね、別に社長になるのは俺じゃなくていいんだ。三人のうちの誰かが社長になって、日本を変えればそれでいい。日本を代表するような一流企業の社長を目指してサラリーマン生活を送るなんて、何だかロマンがあると思わない？」

真野は思いの丈を熱く語った。

「何だか面白そうっすね」

腕組みして俯いたままの羽賀を尻目に岩倉が反応した。

「官僚は官僚でまぁいいんでしょうけど、人間関係とかギスギスしてそうだし、聞くところによると、大蔵官僚とか昼と夜の感覚がないくらい働かされるって言いますしね。でもって、最後は同僚を蹴落として次官の席に座るわけですよね。そんなんだったら、先輩方と一緒に民間で社長の椅子を狙って頑張った方が、面白い人生になりそうな予感はありますね」

「おお！　そうか、ありがとう、ありがとう」

真野は満面の笑みを浮かべて岩倉の両手をガッシリと握った。

羽賀は相変わらず腕を組んだまま俯き、考え込んでいた。

「真野さん……。俺は……、俺は少し考えさせてください」

羽賀は申し訳なさそうにポツリと呟いた。

「もちろん構わないよ。大事なことだからね。俺も急かしはしないから。ゆっくり、じっくり考えて答え聞かせてくれよ」

三人はすっかり冷め切ったコーヒーを一気に飲み干すと、店を後にして、それぞれの家路についた。


羽賀は帰り道、自転車を漕ぎながら考えていた。それは、自身が弁護士を目指す切っ掛けになった、ある出来事だった。

中学二年の夏休み、大好きだった祖父・銀治郎が医療過誤でこの世を去った。両親は弁護士を依頼したが、医療行為は専門性が高く、過失の立証が困難であることから、医師側が圧倒的有利との理由で弱腰だった。結局訴訟を起こすこともできず、僅かばかりの示談金で始末されてしまった。

羽賀少年は祖父の棺を目の前にして、まだ子供で何もできない自分自身を腹立たしく思う気持ちと同時に、今もどこかで自分と同じ目に遭っている遺族が居るんじゃないかと思うと悔しくて仕方なかった。医師はミスして人を殺しても、しらばっくれればお咎めなしなんて、そんなのはふざけている。専門性がどうとか、そういう問題じゃない。ミスを正直に認められない人間性の問題じゃないのかと感じずにはいられなかった。そういった思いが、羽賀少年を弁護士の道へと向かわせていった。

そして、白く冷たくなった祖父の手を握り締め、自分が弁護士になってそういった輩は徹底的に追及してやると、固く誓っていた。

弁護士としての人助けはもちろん魅力的だが、今日の真野の話も正直捨て難かった。最善の答えは何か。羽賀はもう少し自分と向き合って考えてみることにした。

翌週の火曜日、真野と岩倉はサークル部屋でいつものように駄弁っていた。真野は郷田こと櫻田大道の息子から教えてもらった、観相学の話を披露して、大いに盛り上がっていた。

少し遅れて羽賀が硬い表情を浮かべて部屋に入ってきた。

「真野さん、この間の話……」

部屋に入るなり羽賀が切り出すと、談笑していた真野と岩倉に緊張が走り、辺りはしばし静寂に包まれた。

「……俺も混ぜてもらっていいすか？」

「ホントか？　ホントにいいのか？」

真野は嬉しさのあまり、何度も聞き返すと、羽賀は力強く大きく頷いた。

先週の羽賀の様子を見る限り、駄目だと思って諦めかけていたが、それでもひたすら念じた想いが通じたのだと感じ、真野の喜びは一入だった。

「でも、弁護士の夢はいいのか？」

自分の我儘を押し通す形となってしまった真野は、羽賀の決断を気遣った。

「ええ。俺もあれからいろいろと考えたんですけど、司法試験にさえ合格していれば、弁護士は六十歳過ぎてもできるかなって。でも、社長を目指すサラリーマンはそうはいきませんよね？」

「そうか……ありがとう」

真野は丁寧に頭を下げた。

「ただ……、岩ちゃんが卒業するまで、真野さんは大学院に進学すればいいんでしょうけど、俺は一年留年になりますよね？」

確かに、岩倉より二年先輩の真野は大学院に進学することで、その期間を埋めることができる。だが、羽賀は真野とは一年後輩、岩倉とは一年先輩という、中途半端な状況に置かれてしまうといった問題が残っていた。

「そのことなんだけどね……」

真野は申し訳なさそうに口を開いた。

「羽賀っちからのＯＫが出たら、当然その話になると思って」

そう言うと、鞄の中をまさぐり、中から厚みのある封筒を取り出した。

「ここに俺が今までバイトで貯めた八十万がある。これだけあれば、一年分の学費は十分賄えると思う」

真野はその封筒を羽賀の目の前に差し出し、留年することを懇願した。

「いやいや、受け取れませんよ、こんな大金。第一、こんなことしてもらうために、疑問投げ掛けたわけじゃないすからね」

「そっか……」

真野は残念そうに、差し出した封筒を引っ込めた。

「真野さんの話を受けると決めた時に、もう留年ありきだと思って受けてるんで、それはいいんです。学費も親に上手いこと言いますんで。ただ、京都のアパートを引き払うかどうか、迷ってるんですよね」

「そんなことかよ。そこはもう引き払って、東京の実家に戻ればいいと俺は思うよ。就活のメインは都内の企業だし、アパートだってちょうど更新の時期でしょ？」

「まぁ、そうですけど……。でも、大学の授業に出ないことで、単位落とすなんてことないですよね？」

羽賀は心配そうに真野に確認した。

「おいおい！　何を今さら。新入生じゃないんだから」

真野は心配そうな羽賀をよそに豪快に笑い飛ばした。

「恐らくだけど、ゼミの先生に事情を話せば単位なんて上手いことやってくれると思うよ。ただ、それまでに卒業単位の一歩手前まで取っておく必要は当然あると思うけどね」

こうして三人は民間企業への就職に向けて歩み始めた。


翌年、真野は京都大学の法学部を卒業し、東京に戻って一橋大学大学院の商学研究科へと進学した。新入生といえども、後期の授業が始まる時期には早くも就職活動を進めなければならなかったため、のほほんとしている場合でもなかった。

羽賀は昨年の司法試験で、短答式はパスしたものの、七月に実施された論文試験で躓き、合格に至らなかったため、今年こそはと昨年にも増して勉学に励んでいた。

三回生に進級した岩倉は、真野らと民間企業を目指す一方で、国家公務員一種の受験はするつもりでいたため、それに向けての勉強に相変わらず余念がなかった。

十一月下旬、その年の司法試験で論文試験をパスし、口述試験まで駒を進めたものの、不合格となった羽賀の状況が判明すると、三人はいよいよ就職活動に向けて本腰を入れ始めた。岩倉とのやり取りはおおむねメールだったが、彼が冬休みに都内の実家に帰省した際には三人で渋谷のカフェに集まり、各々調べ上げた企業情報の意見交換を行った。

三人での意見交換の結果、各業界のリーディングカンパニーを中心に、エントリーする企業を八社に絞った。

自動車業界からミカワ自動車とヨコハマ自動車。電機メーカーからは筑波製作所とPHP電工。電力業界からは東都電力。航空業界からは帝都航空。金融業界からは東京さくら銀行。建設業界からは那珂島建設。そして、鉄道業界からは東日本電鉄を検討していたが、真野の父・力臣がその年の夏に副社長に昇格したため、この選択肢は残念ながら消す以外なかった。

年が明けると、いよいよ候補に挙げた各社で説明会が開催され、三人も就職活動に明け暮れる毎日となった。三人の中でもっともハードだったのが、国家公務員一種も狙っていた岩倉だった。その年の国家公務員一種一次試験は五月下旬に日程が組まれていたため、遅くともゴールデンウイークまでには内々定を貰って気持ちを楽にさせておきたかった。

一方、司法試験を狙っている羽賀は、昨年すでに論文試験をパスしていることから、今年は五月の短答式試験は免除となり、若干ゆとりのあるスケジュールだった。皮肉にも言い出しっぺの真野のスケジュールがもっとも緩く、修士論文を徐々に進めながら就職活動に臨めばよかった。

ただ、このプロジェクトのもっとも難しいところは、三人が皆同じ企業から内々定を貰わなければならない、というところにあった。

三人ともに学力に関しては何ら問題なかったが、面接でその企業が求めている人物像を上手く演じ切ることができるかどうかが最大の鍵になっていた。もっとも時間的ゆとりがある真野が中心となって対策を考えていたが、年度が替わり、徐々に内々定を出す企業が増えてきても、未だ三人が同じ企業からの内々定を貰えずにいた。

八社エントリーしたうち、結果の出ていない企業は残り三社となり、次第に三人にも焦りの色が見えてきた。残る三社は、那珂島建設、筑波製作所、東都電力で、今日、三社から連絡が入る予定となっていた。三人は何の所縁もない青山学院大学の食堂に集まり、今か今かと連絡を待ちわびていた。

十三時過ぎ、真野の電話が鳴った。

「はい、真野でございます。はい。はい。ありがとうございます」

真野は興奮気味に頭を下げ、電話を切った。どうやら内々定の連絡のようだった。他の二人は間髪入れず声を掛けた。

「真野さん、どこです？」

「那珂島建設だったよ」

すると、今度は羽賀と岩倉の携帯電話がほぼ同時に鳴った。二人とも頭を上げ下げしながら電話の向こうの人物と言葉を交わし、最後に丁寧に頭を下げて電話を切った。

「どこだった？」

真野は二人に確認すると、固唾をのんで二人の回答を待った。しばしの沈黙が辺りを支配していたが、やがて二人は顔を見合わせると、両手の拳を高らかに挙げてガッツポーズをしてみせた。

「那珂島建設です！」

それを聞いた真野も両手の拳を力強く握り締め、小さくガッツポーズをしてみせた。三人は互いに抱き合うと、各々目の前にある缶コーヒーのプルタブを開け、早速祝杯を挙げた。真野は上機嫌になって、コーヒーを一気飲みすると、食堂内の自動販売機に向かって猛ダッシュし、新たに三本のコーヒーを買って戻ってきた。


夕方、三人は大学の正門を出ると、国道二四六号線を渋谷方面に向けて進んでいた。

「しかし、参ったなぁ。なんつー贅沢な悩みだよ」

真野がボソッと呟くと、二人も声を揃えて反応した。

「そうっすねぇ……どうします？」

「ちょっとメシ食いながら考えようよ。公園通りにイタリアンビュッフェがあるから、そこへ行って」

あの後、三人の携帯電話はお祭り騒ぎのように鳴りまくり、気付けば三人が全員、残りの筑波製作所と東都電力からも内々定の知らせを受けていた。一社だけなら選択の余地もなく即決定となるのだが、まさかの三社内々定となり、新たな問題が浮上していた。

店に到着するまでの道程、真野は決定の方法について考えを巡らせていた。

〈じゃんけんか？　いや、くじ引きか？　いやいや、遊びじゃないんだ。きちんとした軸が必要だろ〉

ほどなくして店に到着すると、羽賀と岩倉は追加料金でアルコールを注文したが、真野はドリンクコーナーからアイスコーヒーとオレンジジュースを持ってテーブルに戻ってきた。二人の注文したアルコールが提供されるまでの間、真野はテーブルの上の紙ナプキンを二人に配り、一枚を自分の手元に置いた。

「この紙に各々行きたい企業名を書いて、せーのっ！　で見せ合おう」

散々悩んだ挙句、最終的に行き着いたのは、まずは皆の意見を聞いて、一致しなければ話し合いで決めるといったオーソドックスな方法だった。三人は鞄からペンを取り出し、紙ナプキンに書き始めると、迷いなくスラスラと書き終えた。

三人が書き終えた紙ナプキンをテーブルに伏せると、先ほど注文したアルコールが運ばれてきた。

「乾杯したら、一斉にオープンな」

真野が声を掛けると、二人は大きく頷いた。

「カンパーイ！」

三人で声を揃えて、手に持ったグラスをカチンと鳴らした。

各々グラスの中の飲み物を一口流し込むと、左手に携えていた紙ナプキンを一斉にひっくり返した。三人とも、自分以外の左手に視線を送り企業名を確認したが、羽賀と岩倉は眼をパチクリとさせながらしばらくの間真野の左手に視線を固定させていた。

「……真野さんの紙ナプキン、字がにじんでいてよく分かりませんねぇ」

先ほど、いち早く飲み物を運んできたことで、グラスの水滴がテーブルに落ち、ちょうど落ちたところにナプキンを伏せてしまっていたのだった。羽賀と岩倉は、真野のこの行動がいつものようなボケなのか、はたまた天然でやらかしたのか区別がつかず、辺りは異様な空気に包まれていた。

一方、羽賀と岩倉の紙ナプキンには綺麗な字で「東都電力」の文字が書き込まれていた。

真野はもう一度真新しい紙ナプキンを手に取ると、ゆっくりと丁寧な字で「東都電力」と書き込んで二人に披露した。

　実のところ、真野は三社のうちのいずれの企業名も書かず適当な文字を書き込んでいた。二人の意見が一致していたなら自分は二人の意見を尊重しようと最初から決めていたのだ。他の道を考えていた二人を民間企業へ誘ってしまった自分が、今できる唯一のことといえばこれくらいしかなかった。

　真野が披露した紙ナプキンを見た二人も、そして真野も大いに沸いた。その日は飲んで食べて、閉店までどんちゃん騒ぎの宴となった。


　この年、岩倉は五月の国家公務員一種に合格することはできなかった。一方の羽賀は、三度目の正直で司法試験を見事パスして人生最高の一年としていた。

　年が明け、まだ寒さの残るお彼岸時、真野と羽賀は新幹線の車窓から富士山を眺めていた。羽賀は大学の卒業式出席のために、真野は二人のお祝いのために京都に向かっていた。岩倉もすでに京都のアパートを引き払い、都内の実家に戻っていたが、ゼミの謝恩会やらサークルの送迎会やらで二日ほど前に京都入りしていた。ほんの数年前に真野が創設した百人一首同好会も、岩倉の加入により全国から多くの才能が集結し、今や押しも押されもせぬ西の横綱として、その地位を揺るぎないものとしていた。

　京都駅に到着すると、新幹線の改札口には岩倉の姿があった。三人は東本願寺前の『餃子の大将』で昼ご飯を食べると、鴨川を眺めながら川端通を北上して、吉田キャンパスを目指した。

三者三様、それぞれ想いの詰まった景色だった。満開の桜で賑わう春には、土手に預けた身体を大きく伸ばし、真っ青に澄み渡る空を見上げて物思いにふけっていたこと。夏の夜には涼を求め繰り出し、川床で燥ぐ(はしゃ)大人たちを羨ましそうに眺めていたこと。各人が過ぎ去りし日々を懐かしむように穏やかに流れる川面に視線を向けていた。

真野は二年前に卒業していたが、羽賀と岩倉が卒業することで、今度こそ京都との関係がプツンと切れるようで、何とも表現しようのない寂しい気持ちが体中を駆け巡った。

一方の羽賀と岩倉も京都の魅力に惹かれて、この地で勉学に励むことを決意したのは真野と同じで、やはりこの地を離れることに特別な感情を抱いていた。

大学に到着すると、サークル部屋に顔を出し、司法試験準備講座が開講されていた教室や、各自思い入れのある場所を順繰りに回り、当時を懐かしんだ。

その日は『温菓子屋』でお茶を飲み、最後は『ビアンカの酒場』で盛大に騒いで、京都での青春に別れを告げた。

入社式の前日、真野がリビングのソファでコーヒーを啜りながら野球中継を観ていると、父・力臣が帰ってきた。力臣はコートを母に預け、革鞄と上着を自身の書斎に置くと、ネクタイを緩めながらリビングへと入ってきた。

「お帰り」

真野は視線も合わせず、野球中継に夢中になっていた。

「おう、暢佑。いよいよ明日から新社会人だな。ちょっといいか？　社会人としての心得みたいなものを俺から簡単に」

そう言うと、力臣はリモコンを手に取り、ミュートのボタンを押した。

「いいか、暢佑。社会人人生を一言で表すなら、それは『恕』という言葉。つまり、人を思いやる気持ちだ。お客さまを思いやる気持ちがいいサービスに繋がり、ひいては収益に繋がる。仲間を思いやる気持ちが、皆のやる気を引き出して社内に活気が満ち溢れるんだ。仲間を思いやる気持ちに関してさらに言えば、自分より下の人間に対しては、謙虚な気持ちで接すること。絶対に高圧的な態度は取っちゃ駄目だ。下手に恨みを買って後々そいつに足を掬われるなんてことはザラにあることだ。分かったな！　自分より下の人間を軽んじるなよ。痛い目を見るぞ！　あとは、誠実に行動すれば結果は自然とついてくるもんだ。まぁ、肩の力抜いて、しっかりやれ」

大手鉄道会社の副社長まで昇り詰めた力臣が常日頃から感じていることは『人の扱いは丁寧に』ということだった。人間は感情のある動物で、その感情によって物事が左右される場面を、過去幾度となく目の当たりにしてきた。実際、実力がありながらも部下からの人望がなく、出世競争から脱落した諸先輩方は枚挙に暇がなかった。そういった経験から、こと出世に関して言えば、上から引き揚げてもらう力以上に、下から押し上げてもらう力の方が重要だというのが力臣の持論だった。

東都電力の新入社員研修は全体研修が二週間、その後各支店に配属されての研修が二週間あり、ゴールデンウイーク前に業務を通じてのＯＪＴが開始となった。真野は東京中央支店、羽賀は埼玉支店、岩倉は神奈川支店にそれぞれ配属となった。全体研修の期間中、三人は数年後にあるであろう人事異動の希望を相談していた。真野は人事部、羽賀は法務の業務を受け持つ総務部、岩倉は経営企画部へそれぞれ希望を出すことで決定した。

こうして三人は本社での再会を誓い、それぞれの支店へと散っていった。

このあと、三人はしかるべき役職に昇り詰めるべく、切磋琢磨することになる。

第三章　鶏の口

竹中は二カ月前に局長の瀧川から依頼された、ベテラン社員の処遇について頭を悩ませていた。もっとも、大凡の骨格は出来上がっていたが、あまりに突拍子もない計画案なだけに、役員からの承認が下りるのか、ただただそれが悩みの種だった。

「お疲れさーん」

真野が部内会議から戻ってきた。自席に座った真野が早速メールのチェックをすると、東京西支店の総務部長・江上からのメールが届いていた。

〈ん？　何だこれ？〉

真野は江上からのメールの内容に状況がつかめず、渋い表情を浮かべていた。

メールの内容は、東京西支店の人事グループに在籍している、喜多見という社員が社内の制度を利用せずに大学院に合格してしまったが、どう対応すればよいかとの相談だった。

そもそもこの会社では、人材開発の一環として大学卒業者を対象に、勤続四年以上の社員に対して国内及び海外大学院への留学制度を設けていた。この制度の正規の流れは、筆記試験とその合格者を対象に実施する役員面接に合格した者が、各自希望する大学院を受験できるというものだった。また、学費は会社負担で、留学期間中の給与も生活に支障のないレベルの額が支払われていた。

今回の件は、当然認めるわけにはいかないが、真野にはちょっと引っ掛かるところがあった。真野は竹中以下人事グループのメンバーに喜多見という男を調べさせ、自身は総務部長の江上から事情を聴取すべく、早速明日の午後、本社へ来るようにメールを返した。

翌日、真野はランチを食べに、人事グループのメンバー数人を連れて、会社から少し離れた銀座の焼鳥店『廣末』へと出掛けた。一時間の昼休みのうち、後半の二十分は昼寝の時間に充てたい真野は、席の予約はもちろんのこと、到着予定時刻と注文もすでに済ませておいていた。店に到着すると、おしぼりとお冷が提供されたが、手を拭き終わる間もなく、次々と注文の品が目の前に運ばれて来た。紅一点の坂木は焼き鳥四本丼を注文しており、真野を含めた他の三人は焼き鳥五本丼を注文していた。

「食べながらで悪いんだけど、東京西支店の喜多見君のこと、ちょっと教えて」

真野は昼寝の時間を確保するため、早速本題に入った。

「東京西支店の喜多見さんは、ホントに仕事が速くて丁寧ですよ。本社への提出物もだいたい締め切りの二日前には到着していますし」

坂木は、もごもごしている口元を左手で隠しながら、真野の質問に答えた。

「確かに彼の仕事は早いですよ。僕らの間じゃ、『西のエース』って勝手に呼んでるくらいですからね。恐らく次の異動で本社に来るんじゃないですか？」

竹中の喜多見に対する評価も上々だった。

真野は喜多見のことについて何も知らなかったが、キャップである竹中の評価は信頼に値すると感じていた。

昼過ぎ、真野はいつものように真っ赤な手帳を手に取ると、押さえておいた八階第二小会議室へ足を運んだ。

扉を開けるとすでに江上は下手の席に腰を下ろしていた。年齢は真野よりも五つ上で、理系の院卒での入社のため、年次も五年先輩にあたった。また、元々は技術系での採用で、管理職昇格を契機に事務系職場に異動してきた変わり種でもあった。そのせいもあってか、出世競争では他の同期に若干後れをとっている現状を真野は知っていた。

「どうもすみません。お呼び立てして」

真野は上手にある椅子を引きながら、江上に軽く挨拶をした。九月に入ったとはいえ残暑は厳しく、小太りの江上は、エアコンの効いた会議室に入ってもなお、額の汗をハンカチで拭っていた。

「早速なんですが、昨日いただいたメールの件、喜多見君はなんで会社の制度を使わないで大学院を受験したんです？」

きちんとした会社の制度があるのに、なぜこんなことが起きるのか、真野は不思議で仕方なかった。

「………」

江上は黙ったまま、俯いてただひたすらに額の汗を拭っていた。

「江上さん、聞いてますか？」

真野が若干語気を強めて問い質すと、江上はビクッと反応して、蚊の鳴くような声で真野の問い掛けに応じた。

「……ちょっと、私にも分かりません。ですからご相談に」

「そうですか……。では、喜多見君が制度の存在を無視して勝手にやったという理解でいいんでしょうか？」

「ええ、まぁそういうことになります」

この江上の回答は真野も想像しておらず、益々謎が深まった。

〈制度を無視してこんなことをすれば、会社側は認めないと言うに決まっている。それを承知で勉強するバカがどこに居るんだ？　大学院に合格するとなれば、それ相応の勉強が必要で、土日やゴールデンウイークを犠牲にして勉強しているはず……。もしかして、江上より上位職の誰かがＯＫを出しているのか？　副支店長か？　それとも支店長？　いや、

さすがに一般社員が本社部長より格上の支店長に直談判はないな〉

「そうですか……。お暑い中ご足労いただきありがとうございます。せっかくですから、食堂脇のラウンジでコーヒーでも飲んで行ってください」

そう言うと、真野はコーヒーの無料チケットを江上に手渡し、会議室を後にした。

自席に戻ると、坂木を呼びつけ、喜多見に明日本社に来る旨のメールを打つよう指示を出した。真野は江上宛に明日の午前中、喜多見を本社に呼んでいるため、彼の服務を出張扱いにしてほしい旨のメールを打った。

翌朝、グループ内ミーティングを終えると、真野は小走りで昨日と同じ第二小会議室へと急いだ。扉を開けると、緊張した面持ちの青年が直立不動で待っていた。

「お、おはようございます。喜多見でございます」

「おはようございます。お待たせしました。人事グループの真野でございます。まぁ掛けてください」

真野は若干息を切らしながら、丁寧に挨拶した。

「喜多見さん、まずは大学院合格おめでとうございます。ちなみに大学はどちらで？」

「ありがとうございます。一橋大学の法科大学院でございます」

喜多見の緊張は若干残っていた様子だったが、精一杯の笑顔を作って、真野の労いの言葉に応じた。

「ところで喜多見さん、ウチの会社に大学院の留学制度があるのはご存知ですよね？　どうして制度を使わずに受験されたんです？」

「はい、もちろん制度のことは存じ上げておりますし、その方が学費も面倒をみていただけて、ありがたいのはありがたいのですが……」

「ですが？」

「ですが、どうしても指導を仰ぎたい教授が定年での退官を間近に控えていたものでして……。もちろん社内選抜を受験することも考えましたが、落ちてしまった場合は、また来年になってしまいますよね？　だったら、学費は自分持ちでも構わないと思って、江上部長に相談したんです」

「そしたら？」

「あっさりOKしてくれました」

喜多見の口から出た言葉は、昨日聴取した江上の話と全く食い違っていた。

「昨日、江上さんに話を聞いたんだけど、彼はキミが勝手に受験したって言ってましたよ？」

「え？　そんな……そんなことありません。確かに江上部長は受かったら行ってもいいっておっしゃいました。でなきゃ、あんなに勉強なんてしませんよ！」

喜多見は興奮を抑えられない様子だった。

「そりゃ、そうだよね。上司からＯＫが出たから、受験のための勉強を本格的に始めたっていうのが、まぁ普通の流れだよね」

真野は喜多見に寄り添うように話を聞いた。

「でもね。江上さんが言った証拠はあるのかな？　状況からみるに、喜多見さんの言い分の方が正しいと私は思うけど、証拠がないとどっちとも言えないよね」

「えぇ、まぁ……」

喜多見は萎れた菜っ葉のように背中を丸め、俯いてしまった。

「そうかぁ……。ボイスレコーダーとかで録音してればねぇ」

真野はどうにかして、目の前で萎れている青年を助けてあげたかったが、いかんせん助けてあげるだけの根拠が揃わなければどうしようもなかった。

「喜多見さん、録音してなかったのなら、当時のことを思い出してみてもらえるかな？　誰かそばに居なかったか？　このまま証拠が出ないと、江上さんの言ったとおり、キミが勝手にやったことになってしまうよ。つまり、会社としては進学を認めない。行きたい場合は会社を辞めてもらう。それが会社としての答えだ。ただ、上司がＯＫを出していたのなら、私が何とかしよう。キミに非はないからな」

喜多見は真野の言葉に力なく返事をすると、丁寧に頭を下げて会議室を出て行った。

真野はしばらく会議室に残り考えていたが、喜多見自身が証人を連れ出して来る以外に手立てが浮かばなかった。これ以上考えても時間の無駄であると観念し、頭を切り替えようと食堂脇のラウンジへ移動した。

　無料チケットでコーヒーを飲もうと財布の中をまさぐり出したが、どうやら昨日江上に渡したものが最後の一枚だったらしく、仕方なく百円を払いアイスコーヒーを注文した。レジ横のカウンターでコーヒーが提供されるのを待っていると、秘書部の今野が他の秘書部員とラウンジへ入ってきた。

「真野マネージャー、お疲れさまです」

「ああ、どうも。こんな中途半端な時間に休憩かい？」

「いえ、取締役会議でお配りするコーヒーを取りに」

「なるほどね。お疲れさま」

「そういえば、昨日、お昼過ぎに来た時に江上さんをお見掛けしたんですけど、何かあったんですか？」

「今野さん、江上さんのこと知ってるの？」

「ええ。山梨カスタマーに在籍していた当時の所長が江上さんでした。ご一緒したのは一年ほどでしたけど」

「どんな人？」

「それが……」

今野が話し始めると、役員会議用のコーヒーが厨房からまとめて運ばれて来た。

「すみません。もう行かないと……」

今野の隣にいたもう一人の秘書部員が真野に話し掛けると、今野は申し訳なさそうに軽く会釈をして、ラウンジを後にした。

真野は今野の後ろ姿を見送ると、水滴だらけになったアイスコーヒーを持って、近くの丸テーブルに腰を落ち着かせた。ストローでコーヒーをちゅうちゅうと啜りながら先ほどの今野の様子を思い返していた。含みを持たせたあの感じが何かありそうでモヤモヤしていた。


その日、真野は終業時刻が過ぎると、今野の席に電話を入れ、仕事が片付いたら顔を出すように伝えた。

今野が真野の元を訪れたのは、十九時を回っていた。女性と二人きりで個室に入るのは何かと面倒なことになり兼ねないので、この日もフロア隅の打ち合わせコーナーへ移動し、昼間の続きを話してもらうことにした。

高さ一・五メートルほどのパーティションで囲まれたスペースに入ると、今野は手に持っていたスマートフォンを真野に見えるようにテーブルへ置き、動画を再生させた。

《おい！　お前、誰の許可もらってそんなことしてんだよ！　え!?　いつからそんなに偉

くなったんだ！》

　動画には男性社員を目の前に立たせて机を叩き、怒鳴り散らす男の様子が映っていた。遠くからの映像であったため、真野はこの男が誰なのか判断がつかなかったが、見る人が見れば、声とシルエットでこの男が誰なのかは容易に特定できるレベルのものだった。

「この声の主は？」

「江上所長です。今はどうだか知りませんが、当時はパワハラ所長で皆から相当恐れられていました」

「で、この怒鳴られている男性はその後どうなったの？」

「ほどなくして、メンタルを患って休職しています」

「そうか……。しかしよく撮れたね、この動画」

「私は所長の席から結構離れていましたし、それにいずれ自分もあんなふうに怒鳴られるのかなって思ったら、怖くなって」

「で、人事部のパワハラ相談窓口に相談したんだな？」

「はい。でも……」

「でも？」

「相談のメールと一緒にこの動画も送ったんですが、その後音沙汰がなくて」

　今野は力なく肩を落とした。

「揉み消されたのか？」

「はい、恐らく」

「これ、いつ頃の動画？」

「三年前の十一月です」

〈三年前か……。誰だ？　指示したのは〉

　真野は目を閉じ、組んだ両手を額に当てて、三年前の本社人事部の幹部を思い出していた。

「……今野さん、この動画、僕の携帯に送ってもらえないかな？」

　今野は快く応じ、早速その場で送信してもらった。パワハラ揉み消しの犯人探しはとりあえず後回しにして、この動画で喜多見を助けられるかもしれないと真野は考えていた。

　早速自席に戻ると、江上にメールを打ち、明日の夕方に再度、本社人事部へ来るよう依頼した。

　翌日の十七時過ぎ、江上が現れると、第二小会議室で待つよう伝え、自身は残りの仕事を片付けてから江上の元へ向かった。

「申し訳ありません、遅くなりました。お忙しい中、再度お呼び立てして申し訳ございません」

　真野が丁寧に頭を下げると、江上はムスッとした表情で真野の方を一瞥した。

「またこの間の喜多見の話でしょうか？　あれだったら、私は何も言ってない。彼が勝手にやったことだって言いましたよね。私が言った証拠があるなら出してくださいよ」

今日の江上はなぜだか妙に強気だった。

「いえ、すみません。証拠はないです。証拠はありませんが、ちょっとこれを見てください」

真野は自身のスマートフォンをテーブルに置き、動画を再生させた。昨日、今野から送信してもらった山梨カスタマーセンター内での動画だった。

「これ、江上さんですよね？」

「こ、こ、これが今回の件と何の関係があるって言うんだ！」

江上はたじろぎながらも必死で真野に抵抗してみせた。

「直接は関係ありません。でも、お答えください。私は不思議でならないんです。こんな分かりやすいパワハラ行為がなぜ表沙汰にならなかったのか。これは一体どうしてなんでしょう？」

真野はいつになくすごみを利かせ、江上の方へ真っ直ぐに鋭い視線を向けた。一方の江上は先ほどの威勢の良さが嘘のように静まり返り、俯いたまま視線を合わせようとはしなかった。

「私の調べでは、これは三年前に撮影されたもので、当時の人事部長は現東京中央支店長の浦田さんです。浦田さんに泣きついて揉み消してもらったんじゃないんですか？　どうなんですか!?」

俯いたまま小刻みに震える江上をよそに、真野の語気はさらに強まった。

しばらく黙り込んでいる江上に痺れを切らした真野は、再生の終えたスマートフォンをズボンのポケットにしまい込み、一転穏やかな口調で語りかけた。

「江上さん、あなたの上司への忠誠心はよく分かりました。それはそれで素晴らしいことだと思いますよ。ここは、浦田さんのことは置いといて、私と取り引きしませんか？」

江上はゆっくりと顔を上げ、傍らに立っている真野に視線を合わせた。

「本来なら、この動画は今すぐにでもパワハラ相談窓口に送り込まなきゃいけないレベルのものですよ。結果、恐らくあなたの懲戒処分はほぼ確実といえるでしょう」

「私にどうしろと？」

「先日の喜多見君の話ですがね、どうも腑に落ちないんですよ。どうして彼は、土日もゴールデンウイークも夏休みも返上して猛勉強したんでしょうかね？　社内制度を利用しなくても合格したら大学院へ行っていいということを誰が言ったわけでもないのに。おかしいと思いませんか？」

江上は再び視線を逸らし、会議室の床をジッと見つめていた。

「江上さん！　あなたじゃないなら、副支店長とか、その上の支店長とかが言ったんじゃないんですか？　それとも、さっきの動画、パワハラ窓口に送ってもいいんですか？」

真野は床を見たまま視線を動かさない江上の頭を目掛けて思い切り言葉を浴びせた。

「……すみません。私が言いました。まさか合格するなんて」

江上は観念したのか、力なく言葉を絞り出した。

「やっぱりあなたか。これはね、本社人事部長の裁量案件ですよ！　あなたのような支店の部長風情がどうこうできる問題じゃないんですよ！　あなたいつからそんなに偉くなったんですか!?　それに何だ？　まさか合格するなんて、とは。あなた部下のことをバカにしているのか？　あなたの手柄が部下の努力の下にあるってことをあなた考えたことあるんですか？」

真野は江上の全身に染みわたるかのごとく激しく言葉を浴びせたが、江上は無言のまま微動だにしなかった。

「この話は早速人事部長と総務人事局長に報告させてもらいますから、そのおつもりで」

真野は最後に冷たく言い放つと、会議室を後にして自席へと向かっていった。残された江上は会議室の椅子にもたれ掛かったまま、いつまでも窓の外に映るネオンサインを、ただ呆然と眺めていた。

真野が人事部のフロアに戻ると、すでに終業時刻を回っていたが、部長の大崎はフロアで何やら竹中と談笑していた。小走りで駆け寄ると、大崎は驚いた表情で真野に話し掛けてきた。

「おいおい！　なになに？」

「局長はまだいらっしゃいますかね？」

「あぁ、この後十九時から会合だって言ってたから、それまで部屋に居るんじゃない？」

「部長、ちょっと一緒にお願いします」

そう言うと、理由も話さず大崎と共に局長室を訪れた。


局長室の中に入り、応接セットに腰掛けると、真野は瀧川と大崎にこれまでの経緯をつぶさに報告した。

「おいおい、何だそいつは。勝手に俺の仕事取るなよ」

大崎は呆れた表情で呟くとさらに続けた。

「で、誰がどうやって落とし前つけるんだ？」

「まぁ、この件については私よりも上に持っていく必要はなかろう。大崎君が中心になって江上君の出向先を探してやったらどうかな？」

いつものように穏やかな口調で、瀧川は二人に指示を出した。

「はい。かしこまりました。ただ、東京西支店の総務部長ともなれば、やたらな人間は配置できません。後任候補の調整もありますので、一週間後を目途に発令いたします」

真野が瀧川の指示に応じると、瀧川は大きく頷き、応接セットのソファから腰を上げた。

「もうすでに目星は付いてるのか？　まさかお前が行くなんて言い出さないよな？」

大崎は心配そうに真野の顔を覗き込んだ。

「いやいや、もう少しここに居させてくださいよ」

真野は大袈裟に手を振って否定すると、さらに続けた。

「本社の経営企画部に良いのが居ます。ご存知ですか？　市場調査グループの岩倉マネージャーです」

てっきり総務人事局からだと思い込んでいた大崎にとっては想定外の人選だった。

「あぁ、そりゃあもちろん。俺も管理職研修の事務局をやっているからな。今年の夏に東京中央支店の企画部長になった池田の後塵を拝しているとはいえ、岩倉は経営企画部内での存在感は抜群と言っていいんじゃないか？」

「はい、おっしゃるとおりです」

「ただな、本社経営企画部のマネージャーの異動先といえば、支店の企画部長がセオリーだろ。なんだってまた総務部長に……」

「職域拡大ですよ。彼はいずれ役員まで行ける器だと私は踏んでいます。会社の未来を見越しての人選です。いいと思いませんか？」

真野は猛烈に岩倉をプッシュした。

「しかし、池田も岩倉もお前の同期だろ。しかも二人は学部卒入社だから歳はお前より二つ下だ。上層部のお前への評価は二人と遜色ないんだぞ。お前の感情的にはどうなんだ」

「私自身、その話は初耳ですが、上層部からの覚えが目出度いのであれば、なおのこと私のことは後回しで、ここは経営企画部に恩を売っておくべきかと」

「なるほどな。よし、じゃあそれで調整しよう」

「よろしくお願いします」

二人は自席に戻っていた瀧川に一礼すると、局長室を後にした。

三日後
部内会議終了後、瀧川は自席に戻ろうとする大崎と真野を呼び止めた。

「先日の東京西支店の件なんだが……」

瀧川は妙にバツの悪そうな表情を浮かべていた。

「局長、どうしました？　江上さんの出向先も大凡の目途がつきましたが」

真野が事の進捗具合を報告すると、大崎は経営企画部長の南田に、岩倉の異動についてすでに了解を取り付けていることを報告した。

「お二人さん、早速動いてもらったのに申し訳ないんだが、昨日藤堂常務に呼ばれてな……。今回の件は、喜多見君が勝手にやったということで処理して、江上君はお咎めなしということで片を付けろと」

「どうして藤堂常務が!?」

真野は興奮気味に瀧川に食って掛かった。

「どうやら浦田から話が回ってきたようだ」

「藤堂常務は配電部出身ですよね？　浦田さんとどんな接点があるんですかね？」

真野は首を傾げて二人の上司に質問した。

「さぁな。何十年も会社に居ればどこかで一緒になることもあるだろうよ」

大崎は投げ遣り半分に真野の問い掛けに応じた。一方の瀧川も首を小さく横に振り、見当がつかない様子だった。

「そんなことより、どうするんだ？」

大崎は、今後の対応について真野に問い掛けた。

「申し訳ありませんが、私は藤堂常務の指示には従えません。そもそも、藤堂常務は人事担当じゃありませんよね？」

「そりゃあそうだが、仮にも我々よりも地位のある人だからな。変なことするのはよしてくれよ」

興奮する真野を宥めるように瀧川は語りかけた。

「でしたら、総務人事局として江上さんのお咎めをなしにして、なおかつ喜多見君の大学院留学を認める判断を下せば、藤堂常務も文句は言いませんよね？」

「あぁ、恐らくそうだろうな。でも、江上君の尻拭いは一体誰がするんだ？」

真野の提案に対して、落とし前をつける人物に瀧川が言及すると、場はほんの一瞬静まり返った。

「……私が尻拭いするしかないと思っています」

沈黙を破り、真野が言葉を発した。

「何を言っているんだ、お前！　江上なんかに義理立てする理由がどこにあるんだ！」

部内を顧みない真野の発言に大崎が熱くなって諌めると、真野はお構いなしに反論した。

「私は江上さんのことなんて庇っちゃいませんよ。誰かが責任取らなきゃ、喜多見の努力が水の泡になるから言ってるんです！　喜多見は自分の上司を信頼して相談したのに、最後の最後で呆気なく梯子を外されようとしてるんですよ。それも江上さん自身の保身のために。ウチの会社は頑張った人間をアッサリと切り捨てる会社でいいんですかね？」

真野の勢いに押されて、大崎も瀧川も返す言葉を失っていた。

「私だって今の職場でやり残したことがありますし、これから先、さらに上に行って実現したいこともありますよ！　でも、会社の未来を考えたら、後進の育成も疎かにはできませんよね？　申し訳ありませんが、私にはこれからの若い芽を摘むことはできません」

瀧川は目を閉じ、俯き加減でしばし考えていた。現在の職について半年とちょっと、まだまだ真野には力になってほしいと考えていたが、ここで自分のエゴを押し通せば、真野からの信頼を失うことは明白だった。せっかく首の皮一枚繋がって現在の地位にあり、順当に行けば、あと五年くらいは第一線で腕を振るうことができる。そうなれば、三、四年先を見越して直近の一、二年は止むを得ず真野を一旦手放した方が賢明なのかもしれない。そんな考えが瀧川の頭の中を駆け巡っていた。

「そうか……。そこまで言うならお前さんのお望みどおりにしてやろう。ただし、すぐには発令しない。年明けの冬異動のタイミングまでは、現在の職を全うしてもらう。それでいいな」

「はい。ありがとうございます」

真野は丁寧に頭を下げた。

「藤堂常務には私の方から話しておくから」

そう言い残すと、瀧川は会議室を後にした。

「おい、大丈夫なのか？　辺鄙な場所へでも出向させられたらどうするつもりだ！」

大崎は自身の右腕がもぎ取られてしまうこの人事に心中穏やかではなかった。

「何とかしますよ。て言うか、出向先については大崎さんと瀧川さんの力で、そこは何とかしてくださいよ」

真剣な表情の大崎とは対照的に、当の本人である真野は他人事のように頬を緩めていた。

たとえ出向になったとしても、そこで成果を挙げさえすれば帰ってくることができるのがこの会社の常識で、かつて何度も返り咲き人事を目の当たりにしてきた。また、真野自身も大崎や瀧川と共にそういったミラクル人事を演出してきた一人でもあった。

そういった経験もあってか、真野は自信満々で早くも復帰後の青写真を描いていた。できることなら支店の総務部長をすっ飛ばして、都内の支社長もしくは本社の副部長で返り咲きたい……。それを二年で達成できれば、同期トップの池田に並ぶか一気に逆転も夢ではなかった。また、その青写真を達成させるための切り札として、自身の後任に経営企画部のマネージャーである岩倉を充てることを考えていた。岩倉といえば、江上の後任として東京西支店の総務部長が決まりかけていたが、真野が責任を被って出向することで、江上の異動も白紙となり、岩倉は宙ぶらりんの状態になっていた。

真野はフロアに戻ると、自席に向かう途中で竹中に声を掛けられた。

「マネージャーちょっと……」

「ん？　どうした」

「例の局長からの宿題ですが、大凡の骨格が出来上がったので見てもらえますか？」

「おお！　できたか。そしたら会議室が空いてるか見てくれ」

「それでしたら、すでに第一小会議室を押さえておきました」

真野は右手でサムズアップを作ると、とんぼ返りで会議室のある方向へ足を向けた。

会議室に入ると、竹中からパワーポイントのスライドをプリントアウトしたＡ４で二十枚程度の資料を手渡された。

「ざっくり言うとどんな事業なんだ？」

真野は資料を受け取るや否や竹中に投げ掛けた。

「学習塾です。個人指導と大人数指導のハイブリッドの」

「え!? ウチは電力会社だぞ！ 一体どんな経緯でそんな発想になったんだ！」

真野はあまりにも突拍子もない竹中の計画に珍しく興奮気味になって大声を上げた。

「マネージャー、落ち着いてください」

竹中は苦笑いを浮かべながら、必死に真野を宥めてさらに続けた。

「私も最初はドローンを使っての送電線の巡視事業とか、そういったウチの主力事業に直結する方向で考えていたんですが、そういった新しいことをやろうとすると、実際仕事ができるレベルに達するまでの人材を育成するのにコストも期間も相当かかるんです」

「確かに育成の対象となる社員は五十代後半の社員がメインだからな。それなりに皆さん優秀だとは思うが、その年齢から新しいこととなるとな……」

「そうなんです。でも、勉強を教えることは皆さん学生時代に経験してると思うんです。実際私も学生時代は家庭教師のアルバイトを幾つも掛け持ちしてましたし」

「なるほどな。でも、皆がみんな教えるのが得意だとは限らないから、その辺は精査して人選する必要があるな。その上で能力のある人材にやってもらえるのであれば、最初に全体研修を二、三週間ほどやってもらえれば現場で使えるレベルになるだろうから、育成コストはかなり抑えてスタートできるな。おまけに期間も短くて済む」

最初は竹中の提案に否定的だった真野も徐々に話に食いついてきた。

「でもな、タケ。こんな少子化の時代だぞ。業界の市場規模ってどれくらいなんだ？」

「三兆円ちょっとです」

竹中の回答に真野は驚きを隠せず、慌てて手元の資料をペラペラと捲り始めた。

〈こいつは意外だな。一パーセントのシェアでも三百億か。そうは言ってもそこまで到達するまでの道程は生半可じゃないとは思うが……〉

「確かに日本の受験生は減少傾向にありますが、今は日本の大学を受験する中国人留学生が結構多いんです」

「こんなところでもチャイナマネーって奴か……」

真野はフンといった表情で独り言のように呟いた。

「で、場所はどこにするんだ？　いい物件あるのか？」

「それについてはこのページです」

竹中は自分の手元の資料を捲り、真野に見せるとさらに続けた。

「場所は西新宿です。以前、送電線建設のプロジェクトで事務所として使用していた場所ですが、六年前に工事が完了してからはずっと空きになっていました。広さは七百平米が二フロアです。ちなみにこの物件はウチの会社がフロアごと購入しているので、毎月の賃貸費用が発生するといったこともありません」

「七百平米か……。大手の予備校みたいな大教室を幾つもってわけにはいかなそうだが、三十人くらいを収容できる教室は幾つか作れそうだな。何より自社物件だから毎月の固定費を少しでも軽減できるのは魅力的だな」

「そうなんですよ。で、次にこちらをご覧ください」

竹中は手元の資料をパラパラと捲り、ライバルとなり得る既存の学習塾の状況を示したページを開いた。

「これは、大手予備校は除いた資料になりますが、もっとも多い収益を上げているA社は年間約五百億です。以下、三百億、二百億と続き、トップ五十社の第五十位の企業で約四十億の売上になっています。ですから、ウチの当面の目標は四十億を売り上げて、トップ五十社入りすることだと考えています」

「なるほど。で、一人頭の年間授業料はいくらで、どれだけの生徒さんと契約すればその数字になるんだ？」

「はい。この第五十位の企業が一人頭約三十三万円で生徒数一万二千人ですが、ウチはもう少し裾野を広げようかと考えています」

「どういうことだ？」

「いわゆる教育格差って言うと、ちょっと大袈裟かもしれませんが、金持ちに生まれた子は高い塾に通わせてもらっていい大学に入り、いい会社に就職するみたいな一連の流れがある一方で、ごくごく普通の家庭に生まれた子は経済的にどうしても不利になります。もっとも家庭が貧しくても頭のいい奴はそんなの関係ありませんが、皆がみんなそういったわけではありません。で、ウチはその中流もしくはそれより若干下くらいの家庭にフォーカスして集客を考えています。具体的には年間授業料二十四万円で一万七千人の生徒を抱えるといった具合です」

　竹中の熱いプレゼンに聞き入っていた真野だが、ここへ来て腕を組み目を閉じると、しばらく考え込んでしまった。

「……なぁ、タケよ。このハコでその人数は捌けないよ。一万七千人って言ったら、ちょっとした規模の大学レベルだぞ。中流家庭にフォーカスするのは俺も賛成だが、それだったら他にもハコを用意しないといけないいんじゃないのか？」

「は……。はぁ、確かに」

　竹中はそこまで考えが及んでいなかった様子で、真野の指摘にぐうの音も出なかった。

「あとは……」

真野は資料を捲り、その他の点について言及した。

「そうだな……。講師の数は百五十名で講師陣の年収八百万円は、まぁこんなもんかな。行き場を失ったベテラン社員百五十名を、ここで上手く活用できたら、ほぼ一掃できたも同然だ。給料だって決して悪くない。この年収を確保できるのも、あのハコが自社物件だからこそ実現できる数字だからホントありがたいな」

そう言うと、今一度入念に資料を捲り返し、目を通し忘れた箇所がないことを確認した。

「お疲れさん。俺からはザッとこんなところだ。ただ、実際に取締役会議に出席できるのは部長以上だから、さっき俺が言った箇所を修正して、大崎部長と瀧川局長によく見てもらえよ。当日しっかりフォローしてもらえるようにな」

「はい！　ありがとうございます。早速修正に入ります」

竹中は頭を深く下げると、勢いよく会議室の扉を開けて出て行った。真野もゆっくりと腰を上げると、先ほど机の上に置いた資料を再び手に持ち、会議室を後にした。

この時点で次回の定例役員会議まで約一カ月の期間があり、十分な準備ができるだろうと真野も安心して自席に戻った。

翌月
定例の役員会議は毎月第二水曜日に開催されており、今月も予定どおりの開催となった。

竹中の提案は今月の議題の一つに載せられていた。

会は十時に始まり、通常であれば昼前には部長が席に戻っていたが、この日は真野が昼食を済ませて自席に戻った十二時四十分になっても、未だ部長席に大崎の姿はなかった。

〈どうした？　紛糾しているのか？　確かに企画は面白いが、頭の固い役員にはウケが悪かったか……〉

真野は会議が長引いている原因を頭の中で巡らせていた。

十三時を回り、午後の業務が始まると、視線の遥か先にある局長室に瀧川が入っていく姿が目に飛び込んできた。その後間もなく大崎がフロアに姿を現し、疲れ切った身体を投げ出すようにドカッと副部長席に腰を下ろした。席の主である副部長の早瀬は、一昨日から一週間の有給休暇を取得して不在だった。真野はパソコンの画面に意識の九割を向けつつ、残りの一割で大崎の様子をしばし窺っていた。大崎は微動だにせず、目を閉じたまま眉間に皺を寄せ考え込んでいた。

〈やっぱり駄目だったのか？〉

真野が心配していると、目の前に今もっとも会いたい男が姿を現した。

「マネージャー、ただいま戻りました」

「おお、タケお疲れさん。ずいぶん遅かったけど大丈夫だったか？」

「あ、すみません。お昼食べてまして」

「何だよ。ずいぶん余裕じゃないか。で、どうだった？」

「どうにかこうにかと言ったところです……。何だか村主常務と東海林常務がずいぶんと興味を持ってくださって」

「本当か？　そりゃあ良かったじゃないか」

真野も自分のことのように喜びを露わにした。

「ただ、営業副本部長の浦田さんにはチクリチクリ言われましたけどね」

「フン、あの人はああいう人だ。聞き流しとけばいい。ところで、例の別のハコはその後見つかったのか？」

「はい。横浜支社が統廃合する以前に営業所として使用していた自社ビルが一棟丸々空いてまして。建物自体は五十年以上前に建てられた古いものですが、地下一階地上五階で、総延床面積は数千平米あり、西新宿と合わせれば一万七千人の収容は可能という判断をいただきました」

「そうか！　そいつは良かった」

真野は両手を挙げて喜ぶと、チラリと大崎の方へ視線を向けた。

「ところで大崎さん、フロアに戻って早瀬さんの席に腰を下ろしてからずっと動かないけど、どうしたんだ？」

「恐らく二日酔いじゃないかと……。朝、役員会議室に一緒に行ったんですけど、やたら酒臭くて」

「何だよ……。てっきりお前のプレゼンがケチョンケチョンにやられてテンションン下げてんのかと思ったよ。心配して損したわ」

そう言うと、竹中にゆっくり休むよう伝え、自身は未だ固まって動かない大崎のところへと向かった。

「大崎さん！」

「………」

「部長！　大崎部長！」

大崎はゆっくりと目を開け、真野の方に一瞬視線を向けると、何も語らず再び目を閉じてしまった。

「部長、どうしたんです？　竹中のプレゼンはなかなか良かったと本人から報告を受けてますよ」

「……あぁ、分かってるよ」

大崎は目を閉じたまま、気の乗らない様子で渋々真野の問い掛けに応じた。

「じゃあ、どうしたんです？」

真野がしつこく問い質すと、大崎はムクッと起き上がって歩き出し、真野に手招きした。

真野は早足で進む大崎の二、三メートル後方をわけも分からず、ひたすらに追いかけた。

方向的に行き先はどうやら会議室のようだった。

大崎は会議室入り口の小窓を廊下から覗きながら空きの会議室を探しつつ足を進めた。しかし、三つある小会議室が全て埋まっていることを確認すると、チッと小さく舌打ちをして、その先にある大会議室を目指した。

大会議室に入ると、一番手前の席にドカッと腰を下ろし、続いて入ってきた真野にも座るよう促した。

「大変なことになってるんだよ！」

大崎は部屋の外に声が漏れることを危惧して、吐息交じりの声で真野に語りかけた。

「何がです？」

何も知らない真野はそう返答する以外なかった。

「お前の出向先だよ！」

「え!?　もう決まったんですか？　冬異動のタイミングって話でしたよね？」

「それが、今朝の役員会議終了後に村主常務に瀧川さんと一緒に呼ばれてな」

四十分ほど前、役員会議終了後。

「瀧川さん、大崎さん、この後ちょっと私の部屋までお願いします」

村主はそう言い残すと、手元の資料を丁寧にクリアファイルにしまい込み会議室から出て行った。

　コンコン。

「どうぞ」

　部屋の中から聞こえてくる村主の声を確認すると、大崎が扉を開け、先に瀧川を通し、その後に大崎が続いた。

　部屋に入ると村主は入り口に背を向けて座っていたが、二人が歩み寄るとクルリと椅子を反転させ正面を向いた。

「さっきはお疲れさま。竹中君のプレゼン、なかなか良かったですね」

　村主は穏やかな笑みを湛えて二人を迎え入れた。

「はい。ありがとうございます」

　瀧川と大崎は常務からの労いの言葉に深々と頭を下げた。

「ところで瀧川さん、竹中君のプロジェクト、周辺の準備が整い次第発足となりますが、社長には誰を据える腹づもりですか？　彼からこのプロジェクトの話を聞かされているのは、少なくとも二週間以上前のことだと思うから、その時からある程度の目星は付けていますよね？」

「はい。おっしゃるとおりです」

　すでに意中の人物が居た瀧川は即答した。

「深澤さくら次長を検討しております。彼女は早稲田の教育学部を卒業して当社へ入社し、入社後は大学院留学制度を利用してロンドン大学で経営学を学んでおります。教育にも経営にも精通した彼女こそ打って付けの人材ではないかと」

「そうですか……」

村主の返答は芳しくなかった。

「いや、実はね……彼女は来夏の異動で経営企画部の副部長に据えることが内々で決まっていてね。まだ一年近くも先のことだからお二人に伝えていなくて申し訳なかったんだが」

二人にとって寝耳に水の話だったが、今は上司である村主の言うことをただただ聞き入れるしかなかった。

「でだ、人事部に処分保留になっている男が一人いるだろ?」

瀧川と大崎はお互いの顔にチラッと視線を向けた。

「はぁ……真野のことでしょうか?」

瀧川は恐る恐る聞き返した。

「ああ、そうだ。彼は若い頃から人事部のエースとして上層部からのウケも良い。今回の件だって彼の失態じゃないわけだから、彼に失望している人間なんて誰も居やしないんだよ。年齢的にもちょうどよいだろう。小さいながらも一国一城の主だ」

〈お節介なことしやがって!〉

瀧川と大崎の心中は穏やかではなかった。

真野自身は出向先にこれといった拘りはなく、そこの業績をアップさせて本社へ返り咲く青写真を描いていたが、それとは裏腹に真野に絶大なる信頼を寄せている瀧川と大崎は、比較的業績の良い関連会社に出向させ、一年程度で呼び戻す腹づもりだったのだ。それがここに来て村主からの打診に二人とも戸惑いを隠せなかった。

「しかし……」

大崎が何とか食い止めようと言葉を発したが、二の句が継げず再び黙り込んでしまった。

「じゃあ、まぁそういうことで。あとはお願いしますね。私からは以上です」

ここまで言い切られると、瀧川も大崎もこれ以上この場に居座ることができず、そそくさと常務室を後にしたのだった。

「と、まぁそういうことだ。お前、一から会社なんてやったことないだろ！　大変なことだぞ。下手したら一生ここには戻れないぞ」

大崎は我を忘れたかのように声を荒らげた。一方の真野は驚くわけでもなく、ただ遠く一点を見つめて何やら考えている様子だった。

「おい！　真野、聞いてんのか？」

「あっ、はい。いえ、その話でしたら私も竹中から概略は聞かされてましたので、どんな事業を運営しようかなぁと朧気ながら……」

「まったく……お前には敵わんよ」

　大崎は半分呆れ顔で言い放つとさらに続けた。

「聞くところによると、受験業界は大学の入試が終わる二月末でいち段落するそうで、そそこに合わせて発足するらしいぞ。その準備段階から腕を振るってもらうと村主常務はおっしゃっていたから、恐らく発令は来年の年明けすぐになるだろうな」

　年が明けて、一月四日
　仕事始めの真野は、いつもどおり人事部のフロアに足を運ぶと、すでに大崎が待ち構えており、二人で局長室を訪れた。

「辞令　真野暢佑　株式会社フクロウ堂　代表取締役に命ず。ちなみに二月一日付です」

　局長の瀧川から異動辞令が読み上げられると、真野は恭しく辞令用紙を受け取った。

「すぐに戻って来られるよう、我々もバックアップするからしっかりやってきなさい」

　瀧川から激励の言葉を掛けられると、真野は改めて深々と頭を下げた。

「ところで局長、私の後任はどなたになったのでしょうか?」

「それだったら心配するな。しばらくは大崎君に兼務してもらうことになった。ただ、七月の定期異動後については未定だ。大崎君に続投させるか否かはキミの新天地での活躍に掛かっている。しっかり成果を挙げて、一年で戻って来られそうであれば、その先半年間は大崎君の兼務を延長させてキミのカムバックに備えるつもりだ。ただし、キミの成果が芳しくない場合は、定期異動の際に早々に新たな人物を据える予定だ」

瀧川は真野に対して一定の配慮を示しつつも、自身の考えをハッキリと伝えた。

「その新たな人物の件なんですが……」

「何だ？　誰か目ぼしい奴でもいるのか？」

大崎が割って入った。

「いや、経営企画部の岩倉はどうかなと……。東京西支店の総務部長の件がご破算になっていますので」

「それな……。決まっていれば、夏を待たずして二月一日付で人事マネージャーになってるよ」

「……と言いますと？」

「断られたんだ。南田さんに。お前の新会社への出向が決まってすぐ南田さんのところへ行って打診してみたんだ。前回打診した支店の総務部長のポストは昇格人事だからのんでくれたってだけで、本社のマネージャーから本社のマネージャーへの異動だったら単なるスライドだろ？　しかも、経営企画の奴らは自分たちが人事よりも格上だと思っているような連中だからな」

「そうでしたか……」

　真野はボソッと呟いた。

「着任まで残り一カ月だ。二人で徐々に引き継ぎを終わらせておくように。それから真野君の方は、こちらよりも新しい会社の方に重点を置いて業務を進めるように。何と言っても新天地はキミが居ないと始まらない職場だからな」

　瀧川はにこやかに笑い、真野を激励した。


　真野は自席に戻ると、早速新会社の人事体制を作るべく、パソコンの人事カードツールを立ち上げ人選に入った。

　今回のプロジェクトで対象となっているベテラン社員には、利益率を少しでも上げる観点から、講師以外にも総務や経理などの事務的作業もやってもらいたかったため、過去の職場やマネジメント経験など、目を皿のようにして一人ひとりの人事カードに目を通した。

　一方、ポストについては真野自身のすぐ下に『校長』というポストを設置して業務全体を掌握させ、その下に総務部と教務部を設置した。総務部は主に社内内部の業務を担当し、教務部は生徒の進路指導やスケジュール管理など対お客さまの業務を担当させた。

　主要三ポストには各支社の次長クラスの人材を充てたかったが、対象者の人事カードを見たところ、次長の職に在るものは一人しか居なかった。

〈田所章夫……聞いたことないな。どんな人だろ〉

真野も長い間人事の業務に携わっており、ある程度の役職者であれば名前を聞いただけで、入社年次から出身大学、主な経験部門くらいはスラスラと空で言えるほどだった。しかし、全く聞き覚えのない役職者の名前に、自身の未熟さを痛感しつつ、対象者の中で唯一の次長であるこの男に校長の職が適任であるか、さらに深く人事カードの内容を見ることにした。所属履歴を確認すると、二十代後半から四十代前半まで本社の法人営業部に在籍しており、順当に北関東グループのマネージャーまで歴任していたが、マネージャーに着任後、ほどなくして出世レースから忽然と姿を消していた。以後は関連会社を転々とし、三年前に現在の職である相模原支社の次長に着任していた。

田所はマネージャーに着任後、たった四カ月で関連会社に出向となっていたが、その理由については何の記載もなかった。

〈同期の中では最も早くマネージャーに昇格している人物が、たった四カ月で出向……。理由不明か。優秀な人物であることは間違いないだろうが、場合によっては要職を任せられる人材ではないか？　確認の必要があるな〉

真野は早速田所へメールを送り、翌日相模原支社を訪れることにした。

翌日の九時過ぎ、真野は相模原支社に到着すると、一階の窓口に居た女性社員に田所の席まで案内してもらった。

「お疲れさまです。お待ちしておりました」

真野より入社年次は十年以上も上の田所だったが、ニコニコと愛想のいい笑顔で真野を出迎え、大先輩のあまりの腰の低さに真野もただただ恐縮するばかりだった。

「お疲れさまです。こちらこそ、昨日の今日で急なのにお時間頂戴しまして、ありがとうございます」

真野も負けじと丁寧に頭を下げると、会議室へ案内された。

「真野さん、いい体してますねぇ。何かスポーツでもされてましたか?」

会議室までの道程で雑談が始まった。

「えぇ。小学校から高校までずっと野球を」

聞くと田所も野球少年で、大学まで本格的に野球に取り組んでおり、慶應義塾大学在籍時は、四年生の春季リーグで本塁打王と打点王の二冠に輝くほどのスラッガーだった。ポジションも真野と同じく捕手ということで、会議室に到着してもなお、野球談議に花を咲かせていた。

「……ところで、今日はどういったご用向きで」

だいぶ打ち解けてきたところで、田所の顔が急に引き締まり、真野来訪の理由について尋ねてきた。

「これは未発表の情報なので、オフレコにしてほしいんですが、このほどウチの会社で新会社を発足させることになりましてね。で、そこの社長に私が就任することになりまして……。まぁ一緒に汗を流してくれる方々を探していたら、田所さんが目に留まったというわけです」

「真野さんも人事のマネージャーでしたらご存知でしょうが、この『支社の次長』というポストは言わば名誉職で、行き場を失った人間が最終的に送り込まれるポジションですよ」

「いかにも。失礼ながら、その認識は私もほぼ同じです。ただ、四十代前半で経験する場合はその先があることとは一応付け加えておきますね」

真野はやさぐれ半分に自虐する田所に対し、同情しつつも、その席は選ばれた人しか座ることのできない価値のあるポジションであることを伝えた。

「田所さん、教えてください。同期最速でマネージャーになったあなたほどの人物がなぜ、サラリーマン生活の最終章でこのポジションに来てしまったんでしょうか？　私の調べでは十五年前に法人営業部の北関東グループマネージャーに就任後、四カ月で出向されていますね？」

田所はしばらく黙り込んだまま俯いていた。真野も田所の口から何かしらの言葉が発せられるのを大人しく待っていた。しかし、黙っていると何だか寒さが身に染みてきて、堪らず入り口付近まで足を運び、暖房の設定温度を若干上げて元の席に戻った。すると、田所がようやく重い口を開いた。

「もう昔の話ですから、今となってはどうでもいい話ですが……」

「そうおっしゃらず、話してください」

真野は必死に懇願した。理由いかんで、一緒に働くか否かが左右される大事な話を聞かずじまいで帰るわけにはいかなかった。

「実は、マネージャー就任直後に妻が大病を患いましてね……。子供もまだ小学生に上がったばかりの子を筆頭に三人も居ましたので、業務量を調整してくれと部長にお願いしたんです」

「そしたら、その回答が出向だったと」

「はい。出向になった瞬間に今までの緊張の糸がプツンと切れた感じがしました。我武者羅になって出世競争を戦ってきた、その反動でしょうね……。出向先で結果を出せば返り咲きできることももちろん知っていましたが、なぜでしょうね、当時はその気力がありませんでしたよ。今、考え直せば本当に勿体ないことをしたと悔やんでばかりです」

「そうでしたか……。ところで、奥様は？」

「看病の甲斐あってか、一命を取り留めて、今は元気にやってます」

暗い表情だった田所の頬が一転緩むと、嬉しそうになって、病気から復帰した奥さんの話をし始めた。真野はウンウンと頷きながらしばし聞き入っていた。

「田所さん、今日はお忙しいところお時間いただきまして、ありがとうございました」

真野は自身の腕時計にチラリと視線を向けると、流れるように言葉を紡ぐ田所の話を遮った。

「二月一日付であなたに新会社出向の辞令を出します。発令は一週間後ですので、周囲に気付かれないよう、身辺整理を始めておいてください」

真野は出向当時を述懐し、後悔の念に駆られている田所を見て、この男の内側には仕事に対する情熱の炎がまだ消えずにユラユラと燃えているように感じたのだった。

「新しい会社での仕事とは一体どんな業務なんでしょうか？」

田所は突然の内示に不安そうな表情で真野に問い掛けた。

「新しい会社は、ちょっと大きめの学習塾です。大手予備校のサイズを若干小さくした感じと言ったらイメージしやすいでしょうか……。そこの校長として、業務全体を掌握していただくのが田所さんのお仕事です。組織の中心となって腕を振るってもらいますから、存分にお力を発揮してください」

真野は不安そうにしている田所にお構いなく、軽めの発破を掛けてその気にさせようとした。

「面白そうですね。いや、私こう見えて子供が大好きなんですよ。今の職場より楽しんで仕事と向き合えるかもしれません。こちらこそよろしくお願いします！」

田所は先ほどまで曇っていた表情が嘘のように清々しく、活き活きとした表情になり、真野に掛けられた発破に応じた。

本題に入る前の野球談議がだいぶ長引いたこともあって、予定時刻を大幅に過ぎて相模原文社を後にした。

真野はその足ですぐさま西新宿にある新会社へと向かった。十三時に内装工事の業者との打ち合わせが入っていたのだった。新宿駅を降りた真野は、駅の売店でブラックの缶コーヒーとカレーパンを購入すると、その場で封を開けてモグモグと頰張りながら新会社に到着するまで約十五分の道程を突き進んだ。

建物に到着し時計を見ると、すでに時計の針は十三時四分を指していた。真野はエレベーターの上階に向かうボタンを連打すると、通路を挟んで三つずつ並んでいるエレベーターをキョロキョロと見回した。上手いこと迎えに来てくれた背後のエレベーターに飛び乗り、会社のある七階へと向かった。小走りで入り口のある方向へ向かうと、入り口付近にはすでに先方の業者二名が待機していた。

「申し訳ありません。遅くなりまして」

真野は頭を下げながらズボンのポケットをまさぐり鍵を出した。

中に入ると、太い柱が数本ある以外、何もないだだっ広い空間が目の前に広がっていた。

真野は目の前に広がる光景を見ながら、頭の中で構想を練っていた。当初、ここは三十名ほどの生徒が収容できる教室を幾つか設置する予定であった。だが、現地を見て直感的に、個別指導用のブースを二百室弱設置する計画に方向転換しようかという考えが、真野の脳内を過ったのだった。

「すみません。今日は横浜の現場図面はお持ちいただいてますか?」

真野は当初の計画を方向転換するにあたって、もう一つの施設である旧横浜営業所の図面を一応確認しておく必要があると思い、内装業者に見せてもらうことにした。

「はい。こちらです」

床の上に広げられた図面を見ると、各階がコの字型になっており、各辺に一つずつ、計三つの大教室を作れそうな感じに読み取れた。仮に一フロアに三つの大教室を作ることができるとして、地下一階に三室、地上一階は事務室に使うとして、地上二階から五階までで十二室、合計で十五室の大教室を設置できる計算だった。

真野は今、頭の中で思い描いたことを傍らに居る業者に伝えたところ、問題なく工事可能との回答だったため、横浜校を集団授業専用、西新宿校を個別指導専用の施設として運用することを決めたのだった。


一週間後、対象となるベテラン社員百五十一名に対し、新会社出向への辞令が発令されると、一同はその日の十三時に西新宿校に招集された。現地は三月一日の開校に向けて内装工事の真っ只中だった。事務所を設置する七階は内装業者が入っていたため、真野はまだ手付かずの八階に一同を集め、各担当業務についてレクチャーした。

発足前の計画では、講師となる社員は全員、事務方の処理も担務してもらう予定でいたが、この数日間検討した結果、両立は厳しいと判断し、総務部十名、教務部十二名、講師百二十八名、校長一名の人員配置とした。また、真野自身は西新宿校常駐とし、校長の田所は横浜校常駐とした。さらに真野は一日最低一回、横浜校へ顔を出して情報収集に努め、お悩み相談なども積極的に行うことを一同に向けて発信した。

最後に講師陣の研修は、現在工事中である横浜校の二〇一教室が完成する一月二十日より開始となる旨を告げて、この日は散会となった。真野も皆と一緒に西新宿校を後にすると、一目散で本社の自席に戻り、生徒の集客方法について頭の中をフル回転させた。テレビCM、街頭の立て看板、電車の中吊り広告、教育系雑誌への掲載……。媒体選定はもちろんのこと、広告のデザイン等にも考えを巡らせていた。

二月一日　朝

新会社へ出向を命じられた面々は、各職場へ初出勤となった。西新宿校はすでに内装工事を終え、什器も揃い準備万端であったが、横浜校は五階の大教室の工事が未だ手付かずで、急ピッチでの作業を余儀なくされていた。

　そして、真野が頭を悩ませていた集客方法は、新宿駅と横浜駅、そして横浜校のある関内駅のプラットホームに看板を掲示、そして山手線と京浜東北線の車両にも中吊り広告を打つことになった。すでに両方の媒体とも業者に発注済みで、中吊り広告は今朝の始発から掲載が始まっていた。駅ホームの看板も本日午後からの掲示に向けて準備が進んでいた。

　九時になり、朝礼を始めようと真野が席を立つと、事務所内の電話が途端に鳴り出した。総務部、教務部の社員が対応に追われたが、それでもなお、鳴り続ける電話に真野は慌てて飛び付き対応した。電話の内容は、今朝の中吊り広告を見ての問い合わせだ。この状態は三十分ほど続き、ようやく落ち着いたところで朝礼が始まった。真野は初日の朝礼ということもあって、山ほど話す内容を用意していたが、少なくはなったものの、途切れることなく鳴り続ける電話に対応する社員の様子を気にして、重要なことだけを話し、早々に朝礼を切り上げた。

　横浜校の様子も気になった真野は、すぐさま横浜校の田所のところに電話を入れ、状況を確認した。すると、やはり横浜校も外部との電話が繋がる九時以降、引っ切りなしに電話が鳴っている状態とのことだった。

　真野は自身の想定を遥かに超える反響に、ニンマリと頬を緩めたが、すぐさま口をキリリと結び、この後施設見学に訪れるであろうお客さまへの対応について職員に指示を出した。そして、来客のピークがくるであろう夕方前には戻る旨を総務部長の津山に言い残し、横浜校へと向かった。

横浜校へ到着した真野は、事務所に顔を出す前に工事中の五階へと真っ先に足を運んだ。現地は五〇一教室がほぼ完成しており、全工程終了まで残すところ二教室となっていた。開校までまだ一カ月あり、目鼻の付いた状態に胸を撫で下ろすと、続いて講師陣の研修を行っている二〇一教室へと足を向けた。エレベーターを使おうとしたが、作業中なのか、あいにく地下一階から動く気配がなかったため、仕方なく階段を使い二〇一教室へと向かった。冬の乾いた空気がカンカンカンと階段を駆け下りる靴の音をさり気なく演出していた。

二〇一教室へ到着すると、教室後方からそっと室内に入り、しばし講義の様子を窺った。実際にこれから教壇に立つ講師の卵たちを前へ出させて、模擬授業を実施するなど、だいぶ研修の方も進んでいるようだった。真野は安堵の表情を浮かべると、ゆっくり階段を下って、一階にある事務所へ顔を出した。

「あっ！　社長、お疲れさまです」

校長の田所が真っ先に真野に気付き挨拶してきた。

「お疲れさまです。それにしても『社長』はちょっと気恥ずかしいですね」

真野は照れ笑いを浮かべて田所の挨拶に応じた。

「じゃあ、何てお呼びしたらいいですかね？」

田所は照れ臭そうにする真野をイジるかのように半笑いで畳み掛けた。

真野は腕組みをすると、眉間に皺を寄せながら目を閉じ、しばらく俯きながら考えていた。

「……そうですね。やっぱ『社長』ですかね？」

真野は再び照れ笑いを浮かべながら、自身が『社長』と呼ばれることを受け入れることにした。

「ところで田所さん、状況はどんな感じですか？　ちょっと見た感じだと、こちらの方が西新宿より電話が鳴っている印象ですが」

「あぁ、そうなんですね。するってぇと、個別指導よりも集団指導の方が需要があるってことなんですかね？」

「うーん……。まだ何とも言えませんがね。他にお客さまから聞こえてくる声とかってありますか？」

真野は集団指導の方に需要が偏っている理由について判断がつかなかったが、現状についてもう一歩踏み込んで田所に確認した。

「やっぱり社長の考えたあのキャッチコピーがどうやら目を引いているようですよ」

田所の話では、一カ月ほど前、真野が苦心して考えたキャッチコピー『敵は煩悩時にあり！　～煩わしい考えが頭を過り、集中力を欠いている時間こそが最大の敵なのである

〜』を目にして問い合わせの電話を掛けてきたお客さまが多数居るとの報告だった。

「はっはっはっ！　マジですか？」

真野はあのキャッチコピーが正直それほどウケるものだとは思ってもみなかったので、驚きと同時に笑うより他なかった。

お客さまの反応ももちろん大事だが、一番気にしていた教室工事の進捗状況が思いのほか良かったため、真野はとりあえずひと安心して、西新宿校へと帰っていった。

九月
開校して半年以上が経過し、上半期の業績報告の時期が迫っていた。この時点での在校生は横浜校が約八千名とまずまずだったが、一方の西新宿校は約五百五十名とかなり苦戦を強いられていた。
原因は二つ考えられた。一つは、横浜校の集団授業が年間二十四万円の授業料に対して、個別指導の西新宿校は年間授業料が五十五万円と割高だったこと。二つ目は、横浜校が関内駅の改札を出た目の前にあるのに対して、西新宿校は新宿駅から徒歩で約十五分もかかるところに校舎を構えていたことだった。しかし、授業料に関して言えば、年間五十五万円で通い放題のプランは、競合他社の個別指導塾から見ると破格の安さであり、これをさらに安くするというのは真野の頭の中にはなかった。そうかと言って場所を動かすことができるわけでもなく、改善について言及された時にどういう言い訳でその場を凌ぐかまさに頭を悩ませていた。

さらに、先の七月の定期異動で、関連会社を束ねる関連事業部長に、東京中央支店の副支店長だった阿久津が就任したことも気掛かりだった。阿久津は元々技術系の社員で浦田とは何の接点もなかったが、浦田が東京中央支店の支店長に就任したこの一年で急接近し、今回の人事は浦田が真野潰しのために手を回したのではないかと、社内ではもっぱらの噂だった。

数日後、上半期の業績報告を行う経営会議は本社二階にある大会議室で行われた。社長の有馬以下、ずらりと経営幹部が顔を揃えた中でのダメ出しはインパクトが強い。真野は何としても阿久津からの口撃を上手いことかわさなければならなかったが、今日までに妙案が浮かばず、天を仰ぐしかなかった。

「それでは最後に株式会社フクロウ堂、真野社長お願いします」

会議の司会を務める経営企画部長、南田の声が会場に響き渡った。

真野が壇上に上がり、現時点での売上高が二十二億円と目標の三十億円まで一歩届かないところまで話し終わると、関連事業部長の阿久津が真野の説明を遮って声を上げた。

「真野君！　関連会社の中で、目標未達なのはキミのところだけだよ。一体何をやってるんだよ！　しかも、こんなことなら事前に私のところに報告に来るのが筋じゃないのか？目標未達なんて私は寝耳に水だよ。社長の前で私に恥をかかせるんじゃないよ！」

阿久津は厭味ったらしく言い放った。

「申し訳ありません」

真野は言い訳をせず、素直に頭を下げた。

「頭を下げればいいってもんじゃないいんだよ！　下半期で達成できるのかと聞いてるんだ。どうなんだ！」

阿久津は容赦なく声を荒らげて真野に回答を迫った。

「下半期どんなに頑張っても、見込みは二十八億円と予想しております」

「二十八億？　目標を達成できないじゃないか。社長なら達成するための対策を考えろって言ってんだよ！」

真野は、阿久津からの容赦ない追及に対し、内心〈だったらお前がやってみろよ！〉と言わんばかりだったが、さすがに社長の面前でそれを口に出すことはできず、今はただ武蔵坊弁慶のように、阿久津から放たれる言葉の矢を全身で受け止めるしかなかった。

「阿久津君、まぁそのくらいにしておきなさい」

二人のやり取りを黙って聞いていた社長の有馬が声を掛けると、辺りは緊張に包まれた。

「フクロウ堂はまだ新しい会社だ。それに当社には学習塾を経営するノウハウがまだない。

その状況でこの数字は及第点と言っていいんじゃないか？」

　真野には思わぬ救世主の登場だった。一方の阿久津は有馬社長から真野への助け舟に、まさかといった表情を浮かべ黙り込んでしまった。

「真野君、今年度目一杯頑張って目標の三十億に到達しなかったのなら、それは仕方ないとしよう。ただ、来年度も同じようなら私も黙っていないぞ。課題が残ったらキッチリ修正するのが社長の仕事だ。私もキミには期待を寄せているから、これは愛のムチだと思って受け止めてくれよ」

　有馬社長は穏やかな口調だったが眼光は鋭く、真野は背筋の凍る思いで、有馬社長の言葉を受け止めた。そして、来年度の目標を売上高三十五億円に設定し、それを達成できなければ、いかようにも処分されても構わないと約束して、今回の経営会議をやり過ごしたのだった。

　虎ノ門の外れにある本社ビルを出ると、駆け足で新橋駅に向かい、ちょうど入線して来た東海道本線の車両に飛び乗った。行き先はもちろん田所のいる横浜校だった。先ほどの経営会議を受けて、来年度の構想について早急にナンバーツーの田所と協議する必要があったのだ。三十分ほどの道程で真野は頭の中をフル回転させ、自身の考えを纏めていた。

　横浜校に到着すると、挨拶もほどほどに田所をフロア隅の会議室へと誘い、扉を閉めるや否や切り出した。

「田所さん、唐突なんだけど、西新宿校は今年度限りで閉めようと思ってるんです。それについて何かご意見はありますか?」

「またずいぶん唐突ですね。経営会議で何かあったんですか?」

「関連事業部の阿久津さんに散々にやり込められましてね……。まぁ有馬社長の助け舟で何とか事なきを得たのですが、来年度は私自身の進退をかけて、三十五億の売上目標にチャレンジすると公言してきちゃったんですよ」

「なんでまたそんなこと……」

真野の一見向こう見ずとも取れる行動に田所は二の句が継げなかった。

「あの場の空気から逃れるにはそれ以外どうしようもなかったんですよ。それより、西新宿校閉鎖の件は、どう思いますか?」

「……そうですねぇ、授業料は今でも十分格安ですから、問題点はやはり駅からの距離ですよね。でも、閉鎖するとして、その後西新宿校の他の利用法について、社長は何かお考えがあるんでしょうか?」

田所は閉鎖することについて否定はしなかったが、その後の活用についての具体案が咄嗟に思い浮かばず、真野に水を向けた。

「実は、ここに来る電車の中で、あの立地を逆手に取った利用法を思いついたんですよ。あそこは駅からは遠いものの、都庁が目の前ですよね。」

「はぁ……。確かに。でも、それと学習塾の接点って何かあります？」

「田所さん、学習塾はもう切り離してください。あそこは都庁の職員の福利厚生施設として利用してもらえないかと考えているんです」

「どういうことです？」

「以前、大学の知人から聞いた話なんですが、どうやら都庁は昇格試験なるものがあって、それにパスしないと出世できないそうなんですよ。で、試験といえば当然勉強は必要ですよね？」

「そりゃあ、もちろんそうですよね」

「そこで、落ち着いて勉強できるようなスペースを提供して、お金を頂戴しようかということなんです。つまり最近巷でよく見掛ける有料自習室を、ある一つの企業やら団体専用に作って、福利厚生の一環として利用してもらうんです」

「確かにあそこは個別ブースがすでに二百席弱ありますから、大した工事も必要とせずに新たな計画にシフトできそうですね」

「そうなんですよ。ですから、あとはファミレスに置いてあるようなドリンクバーの機械でも導入すれば、一応それなりの形にはなると思ってるんです」

「いいですねぇ！」

　最初は半信半疑だった田所も次第に真野の話に食いついてきた。

「で、月々いくらくらいで提供するんです?」

「全国の上場企業が社員一人あたりに提供する月々の福利厚生費についてザッと調べてみたんだけど、交通費だけでも平均で七万円をオーバーしているんですよ。都庁ほどの大きい組織だったら、交通費の全額支給はもちろんのこと、それ以外にも多種多様な福利厚生を用意しているはずです。どういったものがあるかは分からないですが、新たに加わるものが社員の能力向上に資する福利厚生施設だったら、問題なく受け入れてくれるんじゃないでしょうか?」

「なるほど。で、社長、月々の金額は?」

「あっ! そうそう、一人あたり月々三千円くらいでどうかなと。職員は約十万人ですから、月々三億円、年間で三十六億円の売上という算段です」

真野はニンマリと笑みをこぼすと、自身の提案に対し誇らしげに胸を張ってみせた。

「ところで、その計画を実現するにあたって、弊社と都庁のパイプ役は先ほどの社長の話に登場した知人の方ですか?」

参謀役の田所は、真野の計画実現のために早速動き出そうとしていた。

「いや、それが、そいつは都庁に受かったんですけど、最終的には財務省に行っちゃったんですよねぇ……。あっ、当時は大蔵省か……」

「大蔵省でも財務省でも、そこはどっちでもいいんですが、要するに現時点でのパイプ役は居ないという理解でよろしいんですね？」

「えぇ、そうなんです。そこで、法人営業部という社外との関わりの深い部署に居た田所さんに、どなたかお知り合いがいないかという相談も一連の流れであって、相談にきたわけです」

「なるほど。そうですねぇ……」

田所は腕組みをするとしばし考え込み、真野はその表情を心配そうに覗き込んでいた。

と、次の瞬間、田所はポーンと手を叩き顔を上げた。

「そういえば、もう十五年くらい前ですかね、異業種交流会で知り合った人で、都庁に出入りしているっていう人が居ました！」

そう言うと、田所は自身の名刺入れをまさぐり出した。

「……すみません、ちょっと自宅に名刺があるみたいで。大手通信会社の法人営業の人だったと思うんですよね。自宅に帰ったらちょっと連絡とってみますよ」

「すみません、お手数おかけします。よろしくお願いします」

その日の打ち合わせはここで一旦終えて、真野は西新宿へと帰っていった。

二日後、昼休みを終えて自席に戻ると、電話が鳴った。

「はい、真野でございます」

「あっ、田所です。お疲れさまです。社長、例の通信会社の方なんですけど、アポが取れまして。急ですが今晩二十時にこちらにお越しいただくことは可能ですか？」

「ホントですか!?　ありがとうございます。もちろん伺います。よろしくお願いします」

真野は興奮していたが、丁寧に受話器を下ろすと、早速都庁への売り込み資料の作成に取り掛かった。これから会う人物が都庁とどれほどの関わりがあって、ましてや口を利いてくれる保証などなかったが、とりあえず真野なりに前進する他なかった。

我を忘れるように必死で資料作りに没頭して、ふと時計に目をやると出発予定時刻の十八時半を大幅に過ぎていた。ハッと我に返り、大急ぎでパソコンを閉じると、椅子に掛けてあった上着を羽織って西新宿校を後にした。駅までの道程にタクシーを使おうか迷ったが、渋滞に巻き込まれる可能性を考えるとそれができず、仕方なく駅まで小走りで向かうことに決めた。走りながら田所に電話を掛け、少々遅れる旨を伝えると、その後はひたすら走ることに専念した。

新宿から中央線に乗ると、神田で京浜東北線に乗り換えて関内駅へと向かった。途中、新橋駅の手前で虎ノ門方面に視線を向けると、かつて自身が籍を置いていた本社ビルの姿を確認することができた。手前のビルに遮られ確認できたのは上層階の数階であったが、終業時刻を回っても灯りが消えている窓は一つもなかった。真野は心の中で〈お疲れさまです〉と呟き、ビルの方へ軽く会釈をすると視線を車内へと戻した。

真野は正直、自身が去った後の人事グループのことをだいぶ気に掛けていた。格好つけて自ら出向することに名乗りを上げたものの、この夏で人事マネージャーを兼務していた大崎の任は解かれ、新たに人事マネージャーの職に就いたのは、浦田派でワシントン支店から戻った春原という男だった。春原は人事の中でも主に生活系の業務を専門にしてきた男だったが、真野が半年で本社に返り咲くことに失敗したため、浦田がゴリ押しでこの人事を進めたのだった。しかし、この春原は人事に関してはズブの素人で、全く仕事を回すことができず、毎日のように竹中からヘルプのメールが真野の元に届いていたのだった。

まさかそんな男が自身の後任になるなんて夢にも思っていなかった真野は、竹中からのメールを見るたびに、早くこちらを片付けて本社に戻らなければという意を強くしていた。

真野が関内駅に着いた頃には、約束の二十時を十五分ほど回っていた。少々どころか、かなり遅れている状況に焦った真野は、急いで改札を出ると、点滅している青信号の交差点を強引に駆け抜け、横浜校へと辿り着いた。

建物の中に入ると、田所の席の前に立って何やら話し込んでいる男の姿が目に入ってきた。

「はぁはぁ……。すみません。お待たせしました」

…………

真野が後ろから声を掛けると、その男がゆっくりと振り返り真野に視線を合わせた。

「あれぇ！」

通信会社勤務の男と真野は、お互いを指差して感嘆の声を上げた。

「セイちゃん？」

「真野ちゃんじゃん！」

二人はお互いを確認すると、頬を緩ませ白い歯をこぼした。

「えっ!?　お二人まさかお知り合いでしたか？」

田所は驚きの表情を浮かべると、二人の顔を交互に見ながら問い掛けた。

「そうなんですよ。こちらの和泉さんは私の中・高時代の親友でしてね。まさか彼を引き合わせてくれるなんて思ってもみなかったですよ。気心の知れた人物だったらお願いもしやすいですし。本当にありがとうございます」

真野は田所の問い掛けに応じると、再び目の前の旧友に視線を戻した。

「まさかセイちゃんだとは思わなかったよ。それにしても久し振りだね。俺の結婚式に来てもらって以来だから、もう十二年ぶりくらいかなぁ」

「そうだね。あの時は東京の本社に居たんだけど、その後は北関東やら東北辺りを転々としていたからね」

そう言うと二人はお互いの名刺を交換した。

「東京モバイル株式会社　和泉誠史郎……本社の法人営業部で副部長かよ。さっすがだなぁ！」

真野は目を真ん丸にして和泉から受け取った名刺をまじまじと眺めた。

「そういう真野ちゃんこそ、代表取締役じゃんよ」

「いやいや、俺なんて本社に行けば次長待遇だからまだまだだよ」

真野は自身の顔の前で大きく手を振って、謙遜した。

久し振りの再会を果たした二人は、仲介人である田所の存在を忘れてしばし昔話に花を咲かせていた。

「あのぉ……」

二人の歓談を申し訳なさそうに田所が割って入った。

「おっと！　すみません田所さん、仕事の話ですよね。このまま立ち話っていうわけにもいきませんから、会議室に移動しましょう」

真野がそう言うと、田所が二人を会議室へと案内した。

「ところでセイちゃん、都庁の誰とコネがあんのよ？」

真野は椅子に腰掛けると、早速身を乗り出して和泉に問い掛けた。

「ウチのような業種の旗振り役は政策企画局なんだけど、以前そこに出入りしててね……」

前のめりになっている真野とは対照的に、和泉は落ち着いた調子で話し始めた。

「ウチは人事系の話を持ち掛けようとしてるんだけど、政策企画局は担当外じゃない？」

「まぁまぁ真野ちゃん、そんなに焦んなって」

和泉は白い歯をこぼして真野を制した。

「でね、当時のデジタル担当課長だった人が、今、総務局で人事部長やってんだよね。その人にはホントによくしてもらってて、ゴルフも一緒に回る仲だから、ちょっと口利いてみますよ」

「まじかぁ！　助かるよ」

真野は和泉の両手をガシッとつかむと、次の瞬間、鞄の中に手を突っ込み、まだ作成して間もない資料をテーブルの上に広げて、和泉に説明してみせた。真野は身振り手振り、ちょっとオーバーとも思えるアクションで熱のこもったプレゼンを行った。

「真野ちゃん、面白いことやってんねぇ。個別指導塾を有料自習室にねぇ……。確かに最近そこかしこで見掛けるようになったよね。流行ってんのかね？」

和泉は説明を受けると、感心して真野の提案に肯定的な姿勢を示した。

「そしたら、再来週の土曜にその人事部長とゴルフだから、その際にそれとなく話してみるよ」

「ああ、頼むわ」

三週間後
和泉の計らいで、都庁の総務局人事部長である笠原とのアポイントを取ることができたフクロウ堂は、プレゼンに真野よりも弁の立つ校長の田所を送り込み、万全を期した。

しかし、その日の夕方、真野の前に姿を現した田所の姿は、成功のそれとは大きくかけ離れているように見て取れた。

「田所さん、お疲れさまです。いかがでした？　感触は」

田所の表情から大凡の予想は付いていたが、とりあえずといった具合で労いの言葉を掛けた。

「社長、ちょっとよろしいでしょうか？」

田所は浮かない顔で、真野を会議室へと誘った。

「社長、申し訳ありません」

扉を閉めるなり、田所はいきなり頭を深く下げてきた。

「ちょっ、ちょっ、田所さん。上手くいかなかったのは分かりましたが、状況を教えてください」

真野の言葉を聞いてもしばらく頭を下げたままだった田所がようやく頭を上げたのは、真野の手が肩に触れてからのことだった。

「先方の笠原部長は、企画そのものには大変興味を示してくれました。ただ、支払える金額は一人頭月々千円が限界だと」

田所は悔しさを滲ませながら、やっと声を絞り出すように、状況を説明した。

「そうでしたか……。都庁もずいぶん財布の紐が堅いですね。その条件だと、月々の売上は約一億円ですから、横浜校の売上が微増したとしても、トータルでせいぜい三十二から三十三億円ですね」

真野は現状を受け止めると、透かさず打開策についての考えを巡らせていた。

「田所さん、先方から人員計画の資料とか貰ってきてますか？」

「ええ、資料はたくさんいただいてきていますので……。ちょっと待ってください」

田所は膨大な資料が挟まったバインダーの中から、人員計画に関するページを開き、真野にバインダーごと手渡した。

真野は渡されたページとその前後を行ったり来たりして資料に目を通した。

「ほう……これはずいぶんと細かい数字まで記載されていますね。これを見るに先方はウチに対して悪いイメージを持っているようには思えないですね。ということは、経費を極力抑えたいというのは本意でしょうから、どうやって折り合いをつけるかってところに一点集中ですね。田所さん、この資料ですが、二、三日お借りしていいですか？」

「ええ、もちろんですとも」

真野は早速自席に戻ると、借りてきた資料と睨めっこを始めた。

翌週

今度はプレゼンの補足も兼ねて社長の真野も都庁へと足を運んだ。

十名ほどが座れるくらいのこぢんまりとした会議室に通されると、遅れること五分ほどで、人事部長の笠原以下三名の職員が姿を現した。

真野は立ち上がると、上着のボタンを留め、丁寧に頭を下げた。

「お世話になっております。代表取締役の真野でございます。本日はよろしくお願いいたします」

「笠原です。今日は社長直々にご足労いただきまして、ありがとうございます」

二人は名刺交換を済ませると早速本題に入った。

田所から受け取った人員計画の資料の中で真野が目を付けたのは、女性職員の多さと毎年一定数発生する育児休業を取得する職員の数だった。

「笠原部長、この育児休業取得者の給与はどこから出ているのでしょうか？」

「いえ、育児休業は無給休職ですので、都庁からの給与は一切支払われておりません」

「なるほど。やはりそうでしたか。そうなると、育児休業を取得する職員の家計は働いている時に比べると、多少なりとも苦しくなることは間違いないですよね」

「いかにも。真野さんのおっしゃるとおりですが」

「では、その休業している職員を弊社の運営する自習室で雇用して、弊社からお給料をお支払いするというのは、いかがでしょうか？」

真野たちの勤務する東都電力も育児休業取得者は無給での休職となるものの、毎月の社会保険料は容赦なく発生するため、それが休職期間中にマイナス計上されていき、復帰して給与が支払われるようになると、マイナス計上された分が毎月の給与から引き落とされるシステムとなっていた。それにより復職者の家計を少なからず圧迫している状態に頭を悩ませていたことにヒントを得ての提案だった。

「それは確かにありがたいお話ですが」

「そうですよね。しかも、育児休業中の方は二、三年職場から離れてしまうため、復職した時にはすっかり浦島太郎状態になっていることも珍しいことではありません。都庁職員の方のみが勉強のために利用する弊社運営の施設で、育児休業取得中の職員の方が働くのであれば、訪れた同僚たちから職場の状況を逐一確認することも可能といったメリットもあると私は思っているんです」

「確かに真野さんのおっしゃるように、復職後、仕事についていけないと言って退職してしまう職員が一定数いることは事実ですので、その課題解決に一歩でも近付ける御社のご提案はありがたく思います……」

「前向きなご意見ありがとうございます」

真野は両手をテーブルについて深く頭を下げるとさらに続けた。

「ですので笠原部長、ここは当初ご提案させていただいた、一人頭月々三千円でご契約いただけませんでしょうか？」

　真野は笠原の気持ちが揺らいでいると察して、ここぞとばかりに核心の一言を口にした。

　笠原は腕を組むと、左手で顎の辺りを撫でまわし、少し俯き加減で考え込んだ。

　……しばらくの間沈黙がその場を支配し、真野と田所は笠原から発せられる次の言葉を祈るような気持ちで待っていた。

「真野さん……」

　笠原がようやく重い口を開くと、真野と田所は身を乗り出して次の言葉に耳を傾けた。

「やはり、こちらとしましては、三千円は厳しいご提案です。いろいろとお考えいただいたのに申し訳ありませんが……」

「左様でございますか……。では、今回のお話はご破算ということで……」

　真野はテーブルに広げた資料をかき集めると、丁寧に整理して鞄の中にしまい始めた。

「ただ……」

　笠原が慌てて声を上げると、真野は右手をピタリと止め、視線を自身の鞄から笠原の方へと移動させた。

「ただ、一人頭月々千八百円でしたら、御社のお話に乗っかれるのですが、いかがでしょうか？」

　笠原の言葉を耳にした田所はすぐさま電卓を叩き出し、真野に耳打ちした。

真野は田所の耳打ちにウンウンと頷くと、渋い表情を見せて笠原の打診に応じた。

「笠原部長……ご決断ありがとうございます。今後ともお付き合いよろしくお願いいたします」

真野と田所は、すぐさま立ち上がると、深々と頭を下げ、感謝の意を表した。

真野としては、月々三千円で相手が首を縦に振ってくれれば儲けもの程度で考えており、実際のところ千五百円でも目標の三十五億円を達成できる計算だったため、相手方からの千八百円の提示は内心ありがたい数字だった。加えて、提示額を当初の三千円から動かさず、再度同じ額で提示したものの、最終的には千八百円という相手方の提示をのんだことで、こちらがかなり譲歩したんだという印象を相手方に抱かせることができ、まさにしてやったりといったところだった。

こうして来年四月からの契約を取り付けたフクロウ堂は、翌年度の開始早々に売上高を四十一億円に乗せた。

その後、夏休みを過ぎると徐々に横浜校の生徒が増え始め、終わってみれば売上高は四十三億円を超えており、真野は約束どおり三十五億円の売上目標を達成し二期目を終えたのだった。

その年の入社式、真野は関連企業の社長として式に出席すると、その終了後に総務人事局長の瀧川に呼び出され局長室へと向かった。

「失礼しまーす」

真野は適当にノックすると、大声を張り上げて扉を開けた。大抵の社員は局長室に入室ともなると、多少は恭しくなるものだが、真野と瀧川の間柄では、そういったよそよそしい空気はとうの昔に取り払われていた。

「おー！　真野君」

瀧川は右手を高々と挙げると、満面の笑みで真野を迎え入れた。

「何か違うねぇ！　今までと雰囲気が」

瀧川は目標の三十五億円を大幅に上回って二期目を終了し、また関連企業の社長として入社式に列席した真野のことをずいぶんと持ち上げてみせた。

「いやいや、バカ言わないでくださいよ」

真野も褒められて嫌な気持ちはしなかったが、何だかこそばゆく、照れ笑いでその場をやり過ごした。

「局長、ところで今日は何です？」

昨年も入社式に列席したが、その際は何の音沙汰もなかったため、何事かと思い確認してみた。

「内示だよ、内示」

瀧川は人差し指を自身の口の前へ立てると、声のボリュームを急激に落とし囁いた。

「七月一日付での異動が内定したぞ……」

瀧川は異動先を勿体ぶったが、真野は急かすことなく固唾をのんで瀧川の次の言葉を待った。その時の静けさと言ったら、部屋に備え付けの置時計がまるで耳元で動いているかのように、秒針の音が克明に聞こえるほどであった。

「……これからの人事部をよろしく頼むな、真野副部長！」

瀧川は真野の肩を軽く叩くと、ニコッと笑ってみせた。

「ホ、ホントですかぁ!?」

真野は声を上ずらせながら確認した。

「もちろんだよ。先日の取締役会で決まってな。有馬社長からの提案だったから、浦田のヤツも口出しできず満場一致での決定だったよ。ついでに言うと俺も常務に昇格が決まってね……」

「おめでとうございます！」

真野は瀧川の話を遮るように頭を下げると、当の本人である瀧川は、まぁ抑えて抑えてといった表情でさらに続けた。

「それで、俺の後任は総務部長の江藤君が内定しているから、彼とも仲良くしておくようにな。ちょっと気難しいところがあるが、男気のある良い奴だと俺は思うよ」

「そうですか……ちょっと私には取っ付きにくいイメージが付き纏っていますけどね。ところで大崎部長は？」

「彼にはもう一年やってもらって、来年あたり神奈川か埼玉の支店長でというのが上層部の意向のようだよ」

真野は先ほどの内示を受けてから、すぐさま思い浮かんだ二つの気掛かりなことの一つである大崎の留任を確認するとホッと胸を撫で下ろした。

一方、もう一つの気掛かりは同期最大のライバルである池田の動向だった。聞けば池田も先の取締役会で新宿支社長への異動が内定し、本社部長の椅子に大手を掛けていたのだった。

本社副部長と支社長は同格にあるため、真野はここで辛うじて池田に並ぶことができたが、新宿支社は数ある支社の中でも、もっとも繁華街が多い地域で、対応が難しいとされる支社であることから、池田がその難題を立ちどころに解決しようものなら、一気に水をあけられる可能性も秘めていたのだった。

・辞令　真野暢佑　七月一日付　本社総務人事局人事部　副部長に命ず

第四章　無事これ名馬

三カ月後の七月

人事部長室の門番であるかのように、その部屋の目の前に据えてある副部長席に腰を下ろした真野は、現人事マネージャーの春原を更迭し、新たなマネージャーを迎え入れようと秘かに画策していた。自身の懐刀である竹中を抜擢して盤石の体制を敷きたいところであったが、竹中は支店のマネージャーすら経験していないため、いきなり本社マネージャーではあまりにも荷が重すぎると判断し、各支店の人事マネージャーで浦田の息がかかっていなさそうな人物をピックアップしていた。

「お疲れさーん」

会議を終えて戻ってきた大崎の声がフロアに響き渡ると、そこかしこから「お疲れさまでーす」の声が木霊した。大崎は扉を閉める間際に真野に手招きすると、スッと部屋の中へと消えていった。

真野が扉を開けて入るなり、いきなり困惑した顔で真野に助けを求めてきた。

「真野ぉ、参っちゃったよぉ！」

「どうしました？」

「さっきの役員会議で、財務部長の森橋さんから指摘があってさぁ……。ウチの会社の健康保険組合、この一年で赤字に転落したんだってよ。で、このままだとヤバいから早速改善策を打つようにと江藤局長からの指令だよ」

「そうですか……原因は何でしょうね？　まさか、メンタル不調の社員が増えているなんてことないですよね？」

「うーん……。ここ数年で、パワハラ・セクハラはだいぶ取り締まってきたから、それはないと思うんだけどなぁ。あとで、今日の資料をメールで送っておくから分析してみてくれよ」

「了解です」

　真野は部長室を出ようと、大崎に背を向けたが、すぐさま思い出したように再び大崎の方を振り返った。

「あっ！　大崎さん」

　すっかり油断していた大崎は真野の大声に驚き、両肩をビクッとさせると、すぐさま真野の方に顔を向けた。

「何だよ、ビックリさせんなって」

「あのぉ、春原の件なんですが……」

「あぁ、その件な。ヤツも浦田さんの息がかかってるから、早いとこ何とかしたいんだが、なかなか受け入れ先が見つからなくてな。一応は本社のマネージャーのわけだから、次は支店の部長ってのが定石なんだが、ヤツに部長の職が務まるとは俺は思えないんだよな」

「確かに。そうなると、副支社長ってところですか？」

「あぁ。それで、各支店長のところに片っ端から電話してるところなんだけど、あのポストは昔からその支店で長いこと頑張ってきた社員の功労賞的なところがあるだろ？　だから、そう簡単には明け渡してくれないんだよ」

「となると、支社の次長ですか……」

「うーん、俺もそれが妥当だと思うんだが、それだとあからさまに降格だよな。そんなことしたら、あとで浦田さんから何言われるか分かったもんじゃないぞ」

「ですね。それにしても浦田さん、この夏に常務で戻って来るかと思ってましたけど、まさかの留任でしたね。何かやらかしたんですかね？」

「聞くところによると、昨今の異常気象で都内もだいぶ設備がやられて、その改修コストが嵩んだのと、そっちの方に手を掛けすぎて、肝心要の無電柱化プロジェクトが計画の三割程度しか進まなかった責任を取らされての留任みたいだぞ」

「あっ！　それでか」

「なんだよ、急に」

「この間の異動で、配電部の磯崎副部長が副支店長で東京中央支店に異動になったじゃないですか。従来、配電部は副部長がそのままスライドで部長になるってのが伝統だったはず。だのに、なんで？　って思ったんですよ」

「そうなんだよ。磯崎君も可哀そうだよな、浦田さんに振り回されて。彼の実力からすれば、このタイミングで異動になんてならなきゃ、来年には配電部長、その後は支店長、常務といった具合にステップアップできたはずなんだけどな……。副支店長から本社の部長へ異動ってのはこれまでに例が少ないよな」

「ですよね。でもまぁ、東京中央支店っていうのがせめてもの救いで、上手いことすれば隣接県以外の支店長はあり得ますよね」

「そうだな……。いや、待てよ。磯崎君を配電部長として本社に戻してやることをチラつかせて、浦田さんのことを見張らせるってのもアリだな」

「なるほど、いいですねぇ」

二人がほくそ笑んでいると、ノックもなしにいきなり扉が開いて、江藤が入ってきた。

「なんだ、真野君も居たのか。大崎君から健保組合の件は聞いたよな？　キミがヘッドで進めてくれよ、頼んだぞ」

「かしこまりました」

真野は軽く頭を下げると、逃げるように部長室を後にして自席へと戻っていった。

翌朝、真野はいつもより一時間以上も早く出勤した。というのも、昨日の退社時点で例の資料が大崎から送られて来ておらず、自身の帰宅後に送られて来ているのではないかと思ったからだった。

フロアへ入るとすでに照明が点いており、見れば竹中が何やら資料作りに勤しんでいるようだった。

「おはよう！　早いなぁ。何時に来てんだよ」

真野は笑顔で竹中に声を掛けた。

「六時ちょっと過ぎですね」

竹中は平然とした表情で真野の問い掛けに応じた。真野は驚いて目を真ん丸にすると、自席に腰を下ろし、早速パソコンを開いた。メールボックスには予想どおり大崎から例のメールが届いていた。その資料は、この一年間に社員が利用した医療機関の一覧が並んでいて、あまりの膨大な量に目が眩むようだった。

〈パッと見たところ、心療内科は多くなさそうだな……〉

真野はメンタル不調者が増えているわけではないことに安堵の表情を浮かべると、その後もしばらくの間資料と格闘していた。すると、薄っすらと浮かび上がってきたのは、四十代以降の社員が多いことと、一人の社員が定期的に同じ医療機関に通っているということだった。さらに作業を進めると、あるところに来てピタリと手を止めた。

〈これは……！〉

真野はしばらく一点を見つめ固まっていたが、ニヤリと薄気味悪く笑みを浮かべると、再び作業に取り掛かった。

ようやく全ての資料に目を通し、時計に目を向けるとすでに十時を回っていた。真野は席を立ち大きく伸びると、屈伸運動をして、エレベーターホールの脇にある自動販売機へと向かった。砂糖とミルクの入ったカフェオレを購入し、自席に戻ると再びパソコンに向かい、今度は改善策の資料作りへと取り掛かった。

十三時過ぎ、大崎がランチを終えて戻ってきた。

「真野ぉ、まだやってたのか？　そんなに急がなくても大丈夫だぞ」

「いえ、もう終わりますんで。十分後には部長室に伺います」

真野は与えられた仕事は先延ばしにせず、さっさと片付けたい性分だったため、期限が近付いていようがいまいが全く関係なかった。

「あいよ。じゃあコーヒー淹れて待ってるから」

そう言うと、大崎は部長室へと消えていった。

それから十二、三分ほどが経過し、ようやく資料を作り終えた真野は部長室へと入っていった。扉を開けると部屋にはコーヒーのいい香りが漂っていた。大崎は応接セットの誕生日席にドッと構えコーヒーを啜っていた。

「お疲れさん」

大崎は自身の左手を差し出し、入ってきた真野にソファへ腰掛けるよう促した。真野は大崎の左隣に腰掛けると、早速持っていた資料を広げ、コーヒーを僅かばかり口に含み話し始めた。

「大崎さん、今回のこれは私の見立てだと、生活習慣病患者の増加によるものだと思われます。これを見てください」

真野は二枚目の資料を手に取り、大崎へ手渡した。

「これは、ある社員の一年間の通院履歴です。同じ医療機関に定期的に通院しているのが分かるかと思います。それで、この社員の前回の健康診断結果を見たんですが、こいつは恐らく糖尿ですね。腹囲も百センチに届く勢いで俗にいうメタボでもあります。それで、定期的に同じ医療機関に通院している社員の健康診断結果を片っ端から調べたんですが、九割以上がこいつと同じような結果でしたよ。つまり、運動もロクにしないで飲み歩いてばっかりいる奴らが、健保組合の財政を圧迫させていたってことですよ」

普段酒を口にしない真野は『飲みニケーション』と称して酒ばかり飲んでいる人間を普段から疎ましく思っていたため、少し興奮気味になって大崎に現状を訴えた。

「なるほどねぇ……」

大崎は別の社員の資料に目を通しながら、ポツリと呟いた。

「それで改善策なんですが、毎年三月と十月に実施される健康診断でＢＭＩ二七以上の社員にペナルティを科すんです」

真野の提案した具体案は、管理職未満の一般社員は賞与二〇パーセントカット、本社マネージャー以下の管理職は賞与三〇パーセントカット、それ以上の管理職、つまり真野や大崎クラスの管理職は賞与三〇パーセントカットに加えて降格、そして執行役員以上の経営層は、賞与三〇パーセントカットに加えて関連会社に転籍というものだった。

「おいおい、ちょっと横暴なんじゃないか？」

真野の説明を受けた大崎は慌てふためいて、この案を制しようとした。

「いえ、これくらい厳しくやらないと駄目ですね。そもそもウチの社員は健康に対する意識が低すぎるんですよ」

真野は大崎の助言には耳を貸さず、バッサリと斬り捨てた。

「社長もか？」

「もちろんです。社長だろうが会長だろうが、問答無用で退任していただきます。ただ、現社長の有馬さんはこのとおり全く問題ありません」

真野は手に携えていた数枚の資料から、有馬社長の健康診断の結果が列記されている一枚を取り出し大崎に見せた。

「しかし、大崎さんこちらを見てください」

真野は手元の資料の束から、今度は別の一枚を取り出し、大崎に見せた。

「お……これは」

「どうです？　上背があるから太っているように見えませんが、現時点でＢＭＩは三〇・三です」

「こいつは意外だな……。この件は次回の役員会で提案できるのか？」

「はい。次回の役員会までに資料をキッチリ整えておきます」

真野はすっかり冷めたコーヒーを一気に飲み干すと、軽く頭を下げて部屋を後にした。

翌月　取締役会当日
真野は始業時間の九時になるまでフロア中央のテレビで、野球好きの部下たちと共に甲子園の開会式に熱い視線を送っていた。自身も高校まで毎日泥だらけになって白球を追い求めていたこともあり、この時期になると甲子園の球児に熱い声援を送るのは、もはや恒例行事と化していた。
しかし、真野にとって甲子園のテレビ中継を観戦するということは、単なる野球好きということ以外に、自分たち大人が忘れかけている『一生懸命さ』や『最後まで諦めない』

といった、仕事をする上で大事なスピリットを再確認するためのツールでもあった。

始業のチャイムが鳴り、部下の一人が名残惜しそうにテレビのスイッチを切ると、皆散り散りに各自席へと戻っていった。真野もゆっくりと腰を上げると、自席に戻り取締役会で提案する資料の再確認を行った。

十時十五分前になったところで、資料の再確認を終えた真野は役員会議室へと向かった。定刻どおり取締役会は開始されたが、真野の提案は本日の最終事案で、時計の針はもうすぐ正午を指そうとしていた。

「では、本日の最終事案、人事部の真野副部長お願いします」

取締役会の司会は、従来経営企画部長の担当だったが、真野が出向している間に各部が持ち回りとなっており、今月の担当である財務部長の森橋が真野へプレゼンするよう促した。

「もうすぐ昼飯なんだから、早いとこ終わらせてくれよぉ！」

真野が前へ出るなり、いきなり円卓の中央付近からヤジが飛んできた。声の主は東京中央支店長の浦田だった。

「浦田支店長、そんなに昼飯が食いたけりゃあ、退室してもらっても構わないんですよ。まぁ、欠席裁判になる可能性は否定できませんが……」

真野は以前の取締役会で、社長の有馬が自身に肩入れしてくれたこともあってか、若干強気になって浦田を黙らせた。

「本日の事案は、先月財務部が指摘した健保組合の件でよろしいですね？」

司会の森橋が発表者の真野に確認した。

「左様でございます。よろしくお願いいたします」

真野は丁寧に頭を下げると、早速発表に入った。赤字に転落するまでの経緯や原因など、この一カ月で分析した内容を事細かに述べ、いよいよ改善策について言及した。

「毎年三月と十月に実施されております定期健診におきまして、ＢＭＩが二七以上の社員にペナルティを科すことを提案いたします。具体的には、管理職未満の一般社員は賞与二〇パーセントカット、本社マネージャー以下の管理職は賞与三〇パーセントカット、それ以上の管理職は賞与三〇パーセントカットに加え降格、そして執行役員以上の経営層の方々は賞与三〇パーセントカットに加え関連会社への転籍……。以上のペナルティを科すことで、健康増進を図り、医療機関の利用を抑え、ひいては健保組合の財政状況を改善させる狙いとなっております。なお、直近の定期健診は二カ月後の十月となっておりますが、それまでに改善するには期間が短すぎるため、制度の開始時期は来年三月に実施予定の定期健診からにしたいと考えております」

会議に出席している部長・役員連中は自身の健康診断結果を必死になって思い出そうとする傍ら、あまりの厳しい措置内容に場内はざわつき始めた。

「おいおいおい！　真野君！　何だね、この改善策は。たかが健康診断の結果でこんなに厳しいペナルティはないだろ！　よその会社でもこんなの聞いたことないぞ！」

　ざわつく場内から天敵の浦田の声が鋭い矢のように放たれた。

「たかが健康診断かもしれませんが、その結果が及ぼしている影響は絶大です。一人ひとりが健康に気をつけることで健保組合の財政状況が改善され、さらには業務効率のアップも期待できると考えております。やはり人間は身体が資本です。健康な身体なくして良い仕事ができるとは到底考えられません。それに浦田支店長はそんなにムキにならなくても、学生時代にラグビーで鍛え抜いた立派な肉体をお持ちじゃないですか？　それとも、大事な部下に肥満体の方がおられましたか？」

　真野は恍けて浦田に聞き返した。

「そうだぞ浦田君。キミなんて上背もあって、良いスタイルをしているじゃないか。私なんかこのとおりだぞ」

　筆頭常務の藤堂が立ち上がり、お腹をポーンと叩くと場内は今までの空気から一転し、笑いの渦が巻き起こった。しかし、浦田は表情を崩さず、ジッと真野の方を睨みつけていた。

　浦田がムキになるのも無理はなかった。というのも、上背はあって他人からは分かりにくいが、本人はここ数年で酒量も増え、腹回りの増大を自覚していたからだった。何より、先の健康診断でのＢＭＩは、ついに三〇を超え三〇・三まで増加していたのだった。

「真野君、私は来年の三月までにダイエットするから、キミがプログラムを作って、トレーニングに付き合いたまえ。まだまだ転籍は御免だぞ」

藤堂は笑みを浮かべながら、冗談っぽく真野に語りかけた。

「浦田君、このとおり私もやるんだ。キミが現時点でペナルティを科せられる状況にあるかどうかは知らんが、もしその状況に置かれているのなら、改善すればいいだけの話だろ！」

藤堂はジッと真野の方を睨みつけている浦田に発破を掛けた。

「どうするんだ？　浦田君。私は真野副部長の提案に異論はないが……」

微動だにしない浦田に対して、今度は社長の有馬が決断を迫った。

さすがに社長の声に無反応を貫くこともできず、浦田は渋々真野の提案を受け入れ、満場一致でその提案は通ったのだった。

財務部長の森橋の指摘から、思いも寄らず浦田を追い込む提案に成功した真野と大崎は、浦田失脚の実現に向け、ある人物との接触を試みていた。

査定対象となる三月の定期健康診断まで残すところ七カ月。ここで浦田を失脚させることに失敗すれば、浦田の常務昇格はほぼ決定的となり、真野や大崎の立場はいよいよ危うくなることは容易に想像がついた。それだけに真野は必死になって浦田潰しのために奔走しなければならなかった。

まだまだ暑さの残る九月上旬、東都電力では翌月一日に実施される内定式の準備を進めていたが、会社側の都合により二次面接で選考が止まっている学生が一名だけ存在していた。その学生の三次面接を担当することになった真野は、朝のミーティングを終えるとエントリーシートに目を通し、質問する内容を考えていた。

「真野副部長、面接のお時間ですので、第二小会議室へお願いします」

人事部から隣の研修室採用グループへ異動になった坂木が、真野に面接会場に行くよう促した。真野は走り書きした質問内容のメモを真っ赤な手帳に挟み、席を立つと早足で指定された会議室へと向かった。部屋に向かう途中で坂木から二次面接までの評定表を受け取ると、予想外の評定の低さに、眉間に皺を寄せ坂木に質問した。

「二次面接までの評定がずいぶん低いな。こんなんでどうして三次面接に進めたんだ？」

「東大生だけの特権ですが、面接官の好き嫌いに左右されないように、とりあえず最終面接まで進めて、各面接官の合計得点で合否を判定するシステムに昨年から変更になったんです。ちなみに三次面接以降は面接官の評点が倍で換算されますので、二次面接までの評定が低くても、上位職者の覚えが目出度ければ十分逆転できるということなんです」

「ほぉ、面白いな。で、なんでこの学生は二次面接までの評定が低いんだ？」

「聞くところによりますと、学生らしい溌溂とした雰囲気や初々しさに欠け、入社しても組織の中で浮いた存在になるんじゃないか、といった評価のようです」

「なるほどね。でも、その話を逆手に取れば、完成された人物というふうにも取れるな。まぁ、会ってみないと分からんが……」

真野は無難な人間よりも一風変わった人間に興味を抱きやすい性質だったため、その学生に会うことが俄然楽しみになってきた。

面接会場に到着し、再度面接資料に目を通しているとノックの音が室内に響き渡った。

コンコンコン。

「どうぞぉ」

ガチャリと扉が開くと、ピシッと七三に分けた頭髪の青年が姿を現した。体格にこれといった特徴はなかったが、眼光の鋭さは目を引くものがあった。学生時代に学業の傍ら観相学を学んでいた真野には、目の前に立っている青年が只者ではないことは一瞬にして判断がついた。

「大学名、学部、お名前をどうぞ」

「東京大学法学部公法コース、在原悠斗と申します。本日はよろしくお願いいたします」

真野は在原青年に椅子に掛けるよう促すと、早速今朝の朝食に何を食べてきたかといったことや、余暇の過ごし方等の雑談で場の雰囲気を和らげた。

「ほう……土日は会社を経営していると。そういえば、エントリーシートにも記載がありましたね」

　真野は手元の資料を捲り、そのことについて記載されている内容を確認した。

「どういった会社を経営されているんですか？」

「はい。簡単に申し上げますと、婚活パーティの運営です。ただし、男性側は主夫希望の方のみを対象にしており、女性側は家事・育児は男性に任せて、外でバリバリ働きたいといった女性を対象としています」

「なるほど。私は婚活市場には詳しくありませんが、一般的には、男性の年収が何百万とか、そういった縛りで集客していますよね？」

「はい、おっしゃるとおりです」

「つまり逆張りってやつですね。どうしてこのスタイルで運営しようとお考えになったんですか？」

「はい。サークルやゼミの女子仲間で、大学卒業後は自分がバリバリ働くから、結婚相手には家事や育児に専念してくれる男性がいいという学生が、多数存在していることに気付いたんです。そこで、このビジネスをやろうと思いました」

「なるほど。ところで、女性側の属性はどういったものなんでしょうか？」

「現時点では現役東大女子学生と東大ＯＧのみですが、自分がバリバリ働いて、旦那さんには家のことをお願いしたいと思っている女性は他にも結構居るようで、実際弊社の噂を聞きつけて問い合わせを下さる女性が居るのも事実です」

「そいつはすごいですね。では、いずれは裾野を広げると……」

「はい。そのつもりで計画しております」

「ほう……。事業規模を拡大するのに、社長の在原さんはその会社の経営をお辞めになって、弊社に入社したいと？」

「はい。現在の会社は東大生が運営しているということで話題性があり、ひいてはそれが集客にも繋がっていると思っています。私が創業した会社ですが、今後は私も含めて社長が卒業するのと同時に次の代に社長を譲っていこうと考えています」

「社長業に未練はありませんか？　全てご自身の裁量で決定できる社長の仕事はやりがいがあって、大企業の歯車になるより楽しいのではないでしょうか？」

「おっしゃるとおり、社長業はやりがいがあって私にとって楽しい仕事であることは間違いありません。ただ、未練があるかと言うとそれはちょっと違うと思っています。今のままでは私は井の中の蛙、もっと広い世界を知るために大きな会社に入って、大きな仕事をしてみたいと言うのが今の率直な気持ちです」

「そうですか……。ただ、ウチの会社はある程度の年齢にならないと、大きい仕事を任せてもらえないかもしれませんよ。中堅企業くらいですと、わりと若いうちからいろいろと任せられて経験値が増えるようですが……」

「それでも構いません。小さい仕事でも必ず得られるものはあるでしょうし、その小さい仕事の一つ一つの積み重ねで大きい仕事が成り立っているんだと思います。それに、何よりも、世界規模で課題となっている温室効果ガス排出削減の中心を担っているエネルギー業界に身を置いて、この課題解決に向けて心血を注ぎたいと思っています」

「なるほど。在原さんの弊社への情熱はよくわかりました。ありがとうございます。他に話しておきたいことやアピールしたいことがあればご自由にどうぞ」

「はい、ありがとうございます。私は法学部の学生ですが、趣味でプログラミングをやっており、その知識、技能を活かして御社の業務効率化の手助けができるのではないかと考えております」

「ほう。何か具体的に構築しているシステムなどあったらお聞かせください」

「はい。ところで、御社は重要ポストの人事はどのように決定されておりますでしょうか？」

「うーん……。そういった話は社内でも極秘なのであまり詳らかにできませんが、ザックリ言うと、業績評定の結果や過去に受講した研修等の成績によりますが……」

「上司の好き嫌いに依るところはありませんか？」

「ずいぶんと突っ込んできますね。それはないとは言えません。まぁ、俗に言う『一本釣り』というのも人事異動の醍醐味でもあったりしますからね」

真野は苦笑いを浮かべながらも、在原青年の質問に誠実に回答した。

「そうですよね。実は私の父も別の会社で長いこと人事の仕事に携わっておりまして、よくそういった話を聞かされていたんです。しかし、人事異動というのは本来、公平公正に行われて然るべきではないかと私は考えているんです。

そこで、私が現在取り組んでいるのがＡＩを使った役職者の選定といったシステムです。具体的に申し上げますと、その役職に必要なスキルから始まり、入社年度、出身大学、過去の実績、業績評定の結果、研修の受講履歴、三百六十度評価の結果、その他諸々の個人データを入力すると、ＡＩが当該役職に最適な人物をはじき出すといったものです」

「面白そうですね。そのシステムはもう完成しているんですか？」

目を輝かせながら自身の開発したシステムを説明する在原青年に、俄然興味を抱いた真野は身を乗り出して確認した。

「はい。実在する企業での実施実績はございませんが、架空の企業でのシミュレーションは何度か行っております」

「そうですか。ちょっと面白そうなので、弊社で試してみたいと思っていますが、次回の面接でお持ちいただくことは可能ですか？」

「はい。もちろんです。ありがとうございます」

在原青年は満面の笑みを浮かべて、深く頭を下げた。

「次回の面接日程は後日ご連絡します。本日はお疲れさまでした」

真野は在原に労いの言葉を掛けると、部屋を退出するよう促した。

在原が部屋を出ると、真野は首を傾げながらしばらく沈黙していた。二次面接までの面接官の評価がどうも腑に落ちなかったのだ。初々しさの欠片もないとか、学生らしい溌溂とした感じがないとか、真野には在原のそういった側面は微塵も感じることはなかった。

今日の在原はハキハキと明るい受け答えで、とても好感の持てる学生そのものだったのだ。

もしかしたら、対峙する相手を瞬時に判断して、自分自身をプロデュースできるほどの器用さを持った学生なのではないかと、変に深読みして気味の悪さを感じずにはいられなかった。

しかし、ただ薄気味悪く感じるばかりでなく、その能力の高さを裏付けると言ったら言いすぎかもしれないが、観相学上『奥眼にバカ無し』と言われる特徴を在原の顔が持っていたことに途中で気付いた真野は、在原が部屋に入ってきた時に感じた彼の醸し出す雰囲気が、いわゆる『ホンモノ』であることを確信していたのも事実だった。学生時代に郷田こと、櫻田大道の息子から指南された、『眼を見ただけで利口な人間が判断できる』といった技術はこんなところでも活かされていた。

真野は第二小会議室を後にすると、すぐさま部長の大崎の元を訪れた。

「部長、失礼します」

真野はノックもせずに部長室に入ると、常務の瀧川がソファでコーヒーを啜っており、何やら二人で談笑していた。

「おお、真野君お疲れさん」

瀧川はいつものようにニコやかな笑顔で真野を迎え入れた。

「常務、どうしてこちらに？」

常務ともなると分刻みでスケジュールがみっちり組まれていることを承知していた真野は、まさかといった表情で瀧川に問い掛けた。

「この時間は経済誌の取材が入っていたんだけど、急遽延期になってね。それで時間が空いたので大崎君のところにコーヒーを飲みに来たってところかな。ついでに言うと、最近私も腹の肉が付いてきちまったから、痩せ型の大崎君に体重の落とし方について指南してもらおうと思ってね」

「左様でしたか。常務、とりあえず三月の健康診断まではキッチリ体重の管理をお願いいたします。この提案は浦田支店長を失脚させるために計画したものですので、その計画に我々の後ろ盾である常務が引っ掛かってしまっては、それこそ笑い事ではなくなってしまいます」

真野は表情をキリリと引き締め、上司である瀧川に念を押した。

「ところで、今日はどうした？」

真野と瀧川の会話がいち段落したことを確認すると、部屋の主である大崎が真野に声を掛けた。

「新卒採用の面接の件でご相談に上がりました。つい先ほど三次面接を終えたところですが、四次面接に私も同席させていただけないかと……」

「俺が面接官なら構わないけど、四次面接の担当は江藤さんの可能性もあるからな」

「そこを何とかしてほしいわけですよ」

真野は何としても同席して、在原が持ち込んでくる例のシステムをこの目で確かめたかったため、必死に食らいついた。

「そこまで真野君が懇願するってことは何か特別な理由でもあるのかい？」

黙って二人のやり取りを聞いていた瀧川が口を挟んできた。

「ええ。先ほど三次面接をした学生に得意なことを聞いてみたらプログラミングが得意で、どの企業にもマッチする業務効率化のシステムを作っているって言うもんですから、だったら次回の面接で持って来いって言ったんです」

「なるほど。で、それは一体どういったものなんだ？」

今度は真野と瀧川のやり取りに大崎が割って入ってきた。

「それは、見てのお楽しみということで」

真野は勿体ぶって口を割らなかった。と言うのも、ここで内容を伏せておけば、その内容を知りたがる大崎が、何とか理由を付けて四次面接の面接官を買って出てくれると思ったからである。

「何だよ……内容を知りたけりゃ江藤さんに面接官をやらせないように仕組んでくれってか？」

大崎は不貞腐れたような表情で真野に視線を向けると、真野は不敵に笑みをこぼし、お願いしますと言わんばかりに軽く会釈をした。

「ところで、その学生には次回面接の日程は伝えてあるのか？」

大崎は何とかしようと真野に日程を確認した。

「いえ、後日連絡するとまでしか伝えていません」

「そうか……。だったら、江藤さんのスケジュールを確認して、どうしても外せなさそうな予定のところにシレッと四次面接を組み込む以外ないか……」

大崎は独り言のように呟くと、傍らで聞いていた真野はウンウンと首を縦に振りながらにこやかに頷いていた。

「ヨシ！　じゃあその作戦で行くか！」

大崎は腹を決めて、両手をパーンと叩くと、すぐさまパソコンのスケジュール画面を開き江藤の予定を確認した。真野と瀧川も一緒になって大崎のパソコンを覗き込んだ。

「明後日有給休暇だな……」

大崎はボソッと呟いたが、透かさず真野が口を挟んだ。

「いや、有休ぐらいですと返上する可能性がありますので、出張を狙いましょう」

「そしたら、再来週だぞ。あまり向こうに行くと最終面接の予定が組みづらくならないか？　当然のことだが、内定式までに最終面接を終えないとならないんだぞ」

確かに大崎が言うのはごもっともだった。役職が上になればなるほどスケジュールはぎっしりで、予定を組むだけでも方々に調整しなければならず、骨の折れる作業であった。

仕方なく江藤が有給休暇を予定している明後日に面接日を設定し、三次面接の結果報告と併せて江藤に四次面接の担当を打診することにした。

真野は早速、先ほど終えた三次面接の選考結果を携え、局長室へと向かった。

「失礼します。採用試験の件で伺いました」

前局長の瀧川とはツーカーの仲であり、緊張の欠片もなかった真野であったが、新局長の江藤とはまだ距離を詰め切れておらず、硬さの残る表情であることは誰が見ても明白だった。

「ご苦労さま。例の延び延びになっていた学生だったな？」

「はい。左様でございます」

「真野君の評価はどんな塩梅だ？」

「とても優秀な学生であり、是非とも当社に欲しい人材であると感じております」

「そうか。私は総務畑が長いから人事のことはあまり詳しくないが、若い頃から人事部のエースの名をほしいままにしてきたキミが言うのなら間違いないだろう」

「ありがとうございます」

「それで、次回の面接の日程はどうなっているんだ？」

「はい。明後日の十四時からとなっております」

江藤はデスクに置いてあった手帳をペラペラと捲り、当日の予定を確認した。

「明後日？」

「そいつはマズいな。あいにく明後日は有休なんだよ……。ちゃんと私の予定を確認してスケジュールを組んだのか？」

江藤はムッとした表情を見せ、真野を問い質した。

「お言葉ですが、四次面接の担当は総務人事局長もしくは人事部長となっております。どちらかの都合と学生の都合が嚙み合った日程を設定しておりますので。また、さらに申し上げますと、内定式も数日後に控えておりますし、これ以上先延ばしにはできません」

真野は江藤の態度に怯むことなく、毅然とした態度で言い返し、さらに付け加えた。

「しかし局長、どうしてもその学生をご覧になりたいということでしたら、副社長と常務が担当する最終面接に加えていただくのはいかがでしょう？　瀧川常務には私の方から根回ししておきますので」

真野にしてみれば、次回の面接に自分と大崎が面接官として出席することが最大のミッションであり、瀧川に最終面接の件を依頼するのはそれこそ朝飯前というほど容易なお遣いだった。

「そうか……。それならその段取りで頼むよ」

江藤は不満気な表情を残しつつ渋々真野の提案を受け入れた。と言うのも、在原が自身の大学の後輩であることだけは事前に耳にしており、今回の面接では学生とざっくばらんに話をしたいと思っていたところだった。よりによって四次面接となると、一番下っ端の立場での参加となってしまい、腹を割ったような質問もできないことが脳裏を過ったからだった。

「ありがとうございます。四次面接の評価資料は面接終了後、速やかにお持ちいたします」

真野は持っていた三次面接までの資料を江藤に手渡し、局長室を後にした。

二日後
十四時十分前になると、坂木が真野の前を素通りし部長室へと入っていった。
真野は人事部共用のノートパソコンを脇に抱えると、部屋から出てきた大崎の後ろにピタリとついて面接会場の第二小会議室へと向かった。部屋に入りスタンバイを終えると、在原が居る待機所の坂木へ準備完了の旨の連絡をした。

コンコンコン。

「お入りくださーい」

真野の通る声が部屋に響き渡ると、ガチャリとドアが開き、在原が姿を現した。在原が自己紹介を済ませると、真野の持ち込んだノートパソコンに早速在原のUSBを差し込み、例のシステムを立ち上げた。

「よし。そしたら、手始めに大崎部長の世代の社長候補をこのAIを使って割り出してみましょう」

真野が面白がって大崎に提案した。

「いやいや。やめとけ、やめとけ。どうせ江藤さんで決まりだから。それより真野、お前の世代の社長候補を割り出してみろよ。十年以上も先のことで、俺たちの世代を占うより難易度は高くなるから、精度を計るのにには都合がいいんじゃないか？」

大崎は真野の提案をさらりとかわすと、反対に真野へと水を向けた。

「そうですか……。じゃあ、それでちょっとやってみますか」

そう言うと、真野はパソコンの画面が在原に見えないよう自分の方に向けると、人事ツールを立ち上げ、真野が入社した年の前後三年間に入社した社員の情報をエクセルへと落とし込んだ。

「在原さん、こちらのシステムはどのようにすればいいかしら？」

真野は再びパソコンの画面を在原の方に向け、ＡＩソフトの動かし方を指示するよう促した。

「そうしましたら……」

在原はマウスを動かし入力画面を表示させるとさらに続けた。

「こちらに社長の業務全般、社長に必要なスキルを入力して、先ほど落とし込んでいただいた対象者のエクセルファイルをこちらに取り込んでください」

真野は指示どおり作業を行うと軽快にエンターキーを叩いた。間もなく画面に砂時計が表示されると、一同黙り込んでその結果を待った。

…………

「これ、どれくらいで結果出るの？」

一分ほど経過したところで、沈黙を破り大崎が素朴な質問を在原にぶつけた。

「もう少々お待ちください。あと一、二分で表示されるかと思います」

待つことさらに一分……ズラズラッと画面に見覚えのある名前が並んだ。

「おっ！」

真野と大崎は思わず感嘆の声を上げると、しばらく表示された画面に釘付けとなった。

「申し訳ありません、現行では十位までしか表示されませんが問題ないでしょうか？」

しばらく黙ったままの二人に不安を感じたのか、在原が声を掛けると、大崎は視線を画面から動かすことなく在原に向けて大袈裟に手を振り、問題ないという意思を示した。

画面には第七位に今年の夏、総務部法務マネージャーから神奈川支店総務部長に異動となった羽賀恵太、第五位は同じく今年の夏に新宿支社長に異動となった池田の後任として、東京中央支店の企画部長に異動となった岩倉篤弘、第四位に人事部副部長の真野暢佑、真野たちの同期トップとされる新宿支社長の池田は第二位にランキングされていた。そして、彼らを抑え堂々の第一位にランキングされたのは、真野たちの三期先輩にあたり、この夏の異動で経営企画部長に就任した日比野俊哉であった。

この結果を目の当たりにした真野は、自身が四位にランキングされたことはもちろんのこと、二十数年前、志を同じく入社した羽賀と岩倉がこの画面上に表示されていることを見て、俺たちもようやくここまで来ることができたんだと、感慨に浸っていた。

「くぅ〜！　経営企画部でワンツーかぁ……」

そんな真野をよそに、大崎が声を上ずらせて天を仰いだ。

すると、真野も我に返り、大崎のコメントに応じるようにボソッと呟いた。

「確かにこの年代の括りでいくと、日比野さんが頭一つ抜けてますもんね。同期の池田のことばかりマークしてましたけど、日比野さんが居たかぁ……」

「それにしても、このシステムはなかなかの精度だなぁ。真野、これウチの部に取り入れたらいいんじゃないか？　重要ポストの後継候補を選出する作業は毎度毎度大変だろ？　それに、このシステムを使えば客観的に最適な人材を割り出すわけだから、従来まかり通っていた実力もないのにゴリ押しで着任になるといった、恣意的人事を未然に防げるんじゃないのか？」

大崎はいたく感心して真野にこのシステムの導入を促した。

「そうですねぇ……。私としても、まさかここまでの精度だとは思いませんでしたので驚きです。ただ、このシステムを導入するには、ここに居る在原さんを入社させることが第一です。恐らく彼の実力でしたら、最終面接も難なくパスするとは思いますが、一応部長の方から瀧川常務に話を通しておいてください」

「あぁ、任せておけ」

大崎は口を真一文字に結び、右手でしっかりとサムズアップのポーズをしてみせた。

翌月、とある金曜

秋の定期健康診断が終わり、いよいよ査定の対象となる春の定期健康診断まで残すところ半年となった。秋の定期健診でＢＭＩが二七以上の社員は、半年以内にこの数字をクリアしなければならず、ジムに通い始める者や食事制限を行う者など、賞与の減額回避に各自余念がなかった。役員連中の中でもっとも危険だと噂されている筆頭常務の藤堂は、今回の健診でも一七二センチ九四キロとＢＭＩは三一・八を記録し、いよいよ尻に火が付いたように食事制限を始めていた。また、真野たち本社人事部の最大の関心である東京中央支店長の浦田は一七八センチ九三キロでＢＭＩを二九・四としていた。今回の秋の健康診断では、前回春の健康診断の三〇・三からやや落としており、先月の制度決定から早くも始動していることが窺えた。

〈やはり、浦田さんは動いてきたか。何とかしないと……。それにしても磯崎副支店長は動いてくれていないのか？〉

真野は人事システムの健診結果一覧を覗きながら、配電部長の椅子を餌に浦田の減量妨害を依頼していた磯崎の動向が気になり出していた。

〈まさか、ミイラ取りがミイラなんて……いやいや〉

真野は首を何度も横に振り、嫌な予感を振り払った。

その日の夜、帰路についた真野は虎ノ門駅から銀座線に乗ると、電車の中で羽賀と岩倉にメールを送った。そして、赤坂見附で丸ノ内線に乗り換えると新宿三丁目で地下鉄を降り、東新宿にある自宅まで早足で向かった。

「ただいまー」

真野が家の中に入ると、リビングからニンニクをローストしたいい匂いが漂ってきた。

「あっ、お邪魔してまーす」

リビングに入ると、ビールジョッキを傍らに酒のアテをつつく羽賀と岩倉の姿があった。先ほどのメールで同じ社宅内に住んでいる二人を呼び寄せていたのだった。

三人はほぼ同時期に管理職へと昇格したが、それを契機にこの管理職専用の社宅へと越してきており、以来、時々三人で集まっては互いに情報交換をしていたのであった。

「ごめんごめん、急に呼び出して。ちょっと岩ちゃんに確認したいことがあったんだけど、ちょうど金曜だし、たまには三人でバカ話でもと思ってね」

真野は上着と鞄を妻の志織に預け、代わりにウーロン茶の入ったジョッキを受け取ると、二人が座っているソファへと腰を下ろした。

「二人とも健康診断の結果が賞与の査定に反映される制度の話はもちろん知ってるよな？」

真野は自分たちの会話が志織に聞かれないよう小声になり、早速本題へと入った。羽賀と岩倉も、真野の声が聞き取れるよう顔を近付けるとコクリと頷いた。

「東京中央支店長の浦田さんなんだけど、実は春の定期健診でのＢＭＩは三〇オーバーで、このままの状態を維持させて失脚させようと本社人事部は目論んでいるんだ。そこで、磯崎副支店長に浦田さんを飲みに連れまわすよう依頼したんだが、先日の秋の定期健診で浦田さんのＢＭＩは事もあろうか三〇を切ってしまったんだよ」

真野は小声ながらも興奮気味になって二人に訴えた。

「なるほど……。磯崎さんがキチンと真野さんたち本社人事部の命令を遂行しているかの確認ってことっすね?」

　磯崎と同じ東京中央支店の企画部長の岩倉が、素早く状況をのみ込み真野に返すと、真野は大きく頷いた。

「確かに二、三週間前から磯崎さんが頻繁に浦田さんのことを飲みに誘っている姿は目にしてますよ。ただ、その誘いに応じているのは、せいぜい週に一回といったところですね。二人が定時を過ぎて一緒にオフィスを後にするのは、ここ一カ月の間でいったら二回ほどしか目にしたことがありませんよ」

　岩倉の現状報告に真野は落胆の表情を浮かべると、自棄を起こしたように目の前のウーロン茶を一気に飲み干した。

「参ったなぁ……」

　真野はボソッと独り言をこぼすと、さらに岩倉へ突っ込んで聞いてみた。

「岩ちゃんよぉ、浦田さんは酒の誘いを断って何してんのかなぁ?」

「うーん……。さすがにそこまでは……」

　岩倉は目の前のビールジョッキをグイッと飲み干すと、首を捻りながら真野の問い掛けに応じた。

「会社には遅くまでいるの?」

「いや、十八時前にはいつも上がってる感じですよ。以前は毎日のようにとは言いませんが、結構な頻度で飲みに行ってましたから、一緒に行く連中の仕事が終わるまで待ってるような時もありましたけど、今は自分の仕事を切り上げて帰宅って感じですね」

「そうか、ありがとう。助かったよ。今日は仕事の話はここまでにして、久々に三人揃ったんだから、遅くまでバカ話ししようや」

真野は浦田を追い込む次の一手に目途がついたのか、落胆の表情から一転して頬を緩めると、二人とバカ話に花を咲かせたのだった。

週明けの月曜日
真野は本社の大崎に朝一番で電話を入れると、社宅から徒歩で二十分ほどの場所にある東京中央支店へと向かった。真野は歩きながらコーヒーを啜るといった癖があり、この朝も途中の自動販売機で砂糖とミルクの入った缶コーヒーを購入すると、プシュッとプルタブを開け、ちびちび啜りながら目的地を目指した。また、もう少し季節が進んで冬になった時の缶コーヒーの温かさが堪らなく好きで、少女のようにとでも言おうか、ＣＭのワンシーンとでも言おうか、とにかく冷えた両手で温かい缶コーヒーをギュッと握ることが好きだった。
東京中央支店に到着すると、すでに飲み終えた缶コーヒーの空き缶はすっかり冷えており、改めて間近に迫る冬の到来を実感した。真野は真っ先に企画部のある五階へ向かうと、岩倉に軽く挨拶を済ませて副支店長の磯崎の元へと向かった。

「磯崎さん、おはようございます。アポ無しで申し訳ありません」

高さ一・八メートルほどのパーティションで囲まれた副支店長の執務スペースに顔を出すと、予期せぬ来客に磯崎は慌てた様子でパソコンから真野の方へと視線を移した。

「あっ、お、おはよう。今日は一体どうしたんだい？」

「どうしたんだい？　って、そんな冷たいこと言わないでくださいよ。例の件に決まってるじゃないですか」

真野はそう言い放つと、磯崎のデスクの前にある椅子をおもむろに引き、ゆっくりと腰を下ろした。そして、周囲に漏れ聞こえぬよう小声になってさらに続けた。

「磯崎さん……。先日の定期健診の結果なんですけど、浦田支店長の結果どうだったと思います？」

真野の問い掛けにバツの悪そうな表情を浮かべた磯崎は、視線を真野から逸らすと、やはりこちらも小声になって弁明した。

「真野君、俺だって毎日のように一生懸命誘ったんだよ。でも、どうも意志が固くて……。やはり支店長の思いとしては、こんなところで淘汰されてたまるかってところなんだろうな」

「いやいや、磯崎さん。まさか諦めちゃいないでしょうね？」

半ば諦めの表情で弁明する磯崎に対して、真野も必死になって食い下がりさらに続けた。

「磯崎さんの配電部長への異動の件、忘れたわけじゃないですよね？　ご協力いただければ、お約束どおりキッチリその椅子ご用意させていただきますんで。磯崎さんにもメリットのある話なんですから、ここはもうひと踏ん張りしましょうよ！」

真野は戦意を喪失しつつある磯崎を必死になって鼓舞し続けた。それもこれも天敵の浦田を陥れる千載一遇のチャンスで、真野もおめおめとこの好機を逃すわけにはいかなかったのだ。

「磯崎さん、私にいい案があるんです……」

真野は乗り出した身をさらに磯崎の方へと近付け、何やらボソボソと耳打ちを始めた。

浮かばなかった表情の磯崎は、やがて真顔になり、話が進むにつれて段々と目尻が下がり、ついには白い歯を剝き出しにしてニヤリと笑みを浮かべた。

「じゃあ磯崎さん、それでお願いしますね」

真野はそう言い残すと、東京中央支店を後にして、本社のある虎ノ門へと向かった。

一方の磯崎は、その日の午後、支店の設備計画部長及び設備計画部の各マネージャーを会議室に集め、緊急会議を行うことにした。

三月下旬

先日終了した春の定期健診の集計結果がシステムに反映されるのを、真野と竹中は今か今かと待ちわびていた。

「なぁタケ。システムに結果が反映されるの何時だっけ？」

真野はラウンジで購入してきたコーヒーを啜りながら、落ち着かない様子で竹中に話し掛けた。

「十時ですので、あと二、三分お待ちください」

竹中は真野とは対照的に落ち着いた様子でシステムを立ち上げ、その時を待った。真野は相変わらず手元の腕時計を気にしており、足元はまるでビートでも刻むかのようにテンポよく上下に揺れていた。

「タケ！　時間だぞ」

真野が竹中に声を掛けると、竹中の両手の指が激しくキーボードを叩き、パソコンの画面にはズラズラッと全社員の健康診断の結果が表示された。

「よし！　エクセルに落としてＢＭＩ二七以上の社員をソートで絞り出せ！」

真野の指示にもいっそう力がこもった。

「表示は役職順じゃなくて五十音順だからな。浦田さんは『あ行』だけど、他の一般社員もいるからそんなにバカみたいに上の方じゃないぞ」

パソコンを操作する竹中も、その後ろに立って見守る真野も、目を皿のようにしてソートで絞り込まれた賞与減額対象者の氏名を確認した。

「……うえだ……うの……えざき……ん？　えざき？」

二人は顔を見合わせると、竹中は手元のマウスで必死に画面をスクロールさせ『浦田』の文字を探した。

「真野さん、浦田さんの名前……ありません！」

「どうしてだ！　あれほど磯崎さんに頼んでおいたのに」

真野は空になったコーヒーの紙コップを握り潰し、その場で地団駄を踏んだ。

「タケ、ちょっといいか？」

「はい」

真野は竹中の椅子に座り、鬼の形相で自らパソコンを操作し始めた。

「真野さん、何するつもりです？」

竹中は険しい表情でパソコンに向かう真野に話し掛けたが、その声が真野の耳に届くことはなかった。真野は無心になってキーボードとマウスを操り、とあるページへと辿り着いた。そこは言うまでもなく、浦田の人事詳細ページだった。諦めきれない真野は何かカラクリがあるんじゃないかと、最後の悪足掻きで浦田の詳細ページを舐めるように見回した。

「……タケ、ここ見てみろ。何かおかしくないか？」

「さぁ……私にはちょっと」

「そうか……。まぁいいや」

そう言うと、真野はそのページをプリントアウトして自席に戻り、トレードマークの真っ赤な手帳に忍ばせた。

四月二日
通常であれば毎月の取締役会は第二水曜と決まっていたが、この夏の人事異動のプレスリリースが間近に迫っており、それに間に合わせるために急遽臨時役員会が開催されたのだった。その理由は言うまでもなく、先月行われた春の定期健診の結果によって去就が決まる役員も居るからだった。

真野は部長の大崎と共に局長室を訪れると、江藤の後ろにピタリと付いて、会場である九階の第一会議室へと向かった。

「おはようございます。ただいまより臨時の取締役会を開催いたします。議題は人事部より春の定期健診の結果報告及び人事異動に伴う取締役の業務委嘱となります。それでは、人事部真野副部長よろしくお願いします」

今回の司会である経営企画部長の日比野は、落ち着いたトーンで本日の案件と真野を紹介すると、数メートル離れた司会席へと戻っていった。その歩き姿は背筋がピンと伸びて美しく、ＡＩが予測したようにまさに未来の社長の姿そのもののように窺えた。

「社長、本題に入る前に一点お願いがございます」

真野は挙手すると、社長の有馬へ直談判した。

「何だね？　言ってみたまえ」

「報告の際に人事グループ制度設計班の竹中キャップを、サポートメンバーとして招き入れたいのですが、よろしいでしょうか？」

「報告に関することだったら問題ないぞ」

有馬社長が真野の要請に快く応じると、真野は深々と頭を下げ感謝の意を表した。

「それでは、人事部より春の定期健診の結果に伴う人事異動についてご報告いたします」

真野の通る声はいつにも増して力強く会議室に響き渡った。

これから名前を呼ばれる人物は、取締役を更迭され関連会社への転籍を言い渡される者であることは、ここに集まった全ての人物が知るところであり、役員連中が珍しく皆かしこまった様子で姿勢を正し、真野から発せられる次の言葉に耳を傾けた。

「今回の定期健診の結果……」

真野が話し始めると、会議室は水を打ったように静まり返ったが、その静寂の中から生唾をのむ音だけがそこかしこから聞こえてきた。

「……定期健診で、取締役の職を解任されますのは……」

真野は手元の資料を読み始めたが、その声は一旦途中で途切れてしまった。

「……解任されますのは……」

真野は必死になって資料を読み進めようと試みたが、意思に反してなかなか読み進めることができなかった。そして、ここまで堪えに堪えていた瞬きをした途端、大粒の涙がボロボロっと頬を伝った。

「真野君、さっさと進めなさい！　時間は有限ですよ」

浦田が容赦なく野次を入れると、真野はスラックスの後ろポケットからハンカチを取り出して涙を拭い、睨みつけるように浦田へと視線を送った。浦田も負けじと睨み返したが、真野の方が先に視線を逸らし、我へと返った。

「大変失礼いたしました。続けさせていただきます。解任される方は……村主常務です」

真野は最後まで言い切り、悔しそうな表情を滲ませ目を閉じると、瞳の奥に溜まっていた涙がまたしても頬を伝い、ベージュ色のカーペットの上にポトリと落ちて滲んでいった。

一同驚きの表情で一斉に村主の方へと視線を送ると、当の本人村主は目を閉じたまま、大きく深呼吸をして、気持ちを落ち着かせている様子だった。

村主といえば、人事部出身の副社長・岡島が病気療養で第一線を退いた後には、自身が経営企画部出身であるにもかかわらず、真野たち人事部のメンバーに対して事あるごとに目を掛け、助けてくれた恩人ともいうべき大切な上司であった。

　天敵を陥れようと実行に踏み切った計画に、事もあろうか大事な上司を葬り去る形になってしまった現実に、真野はやりきれない気持ちで一杯だった。

「村主常務お疲れさま……。当社発展のために辣腕を振るってくれたキミのキャリアをここで途切れさせるのは本当に惜しい……。しかし、これは決まりだ」

　有馬社長が優しく声を掛けると、村主は口を真一文字に結んだまま、力なく首を縦に振った。

「村主君、キミには新天地でもその力量を遺憾なく発揮できるような職場を用意させてもらったよ。真野君、辞令用紙をこちらへ」

　真野は手元の資料の中から辞令用紙を取り出し、恭しく有馬社長へと手渡した。

「辞令　村主雅俊　六月末日の株主総会を以て常務取締役を解任し、七月一日付　東京電工株式会社　代表取締役を命ずる」

　目を閉じ、神妙な面持ちで辞令内容に耳を傾けていた村主だったが、辞令を最後まで聞くと、ハッと驚いたように目を見開いた。それもそのはず、東京電工といえば東都電力の関連会社の中でも三本の指に入る優良企業で、その社長のポストは従来東都電力副社長の天下り先として定着しているポストであった。これは役員更迭という現実からすれば、異例の抜擢人事であることは誰が見ても明らかであり、それだけ有馬社長の村主への信頼は厚かった。

　村主は両手でしっかりその辞令用紙を受け取ると、深く頭を下げ、自席へと戻っていった。

「続きまして、もう一名取締役解任の対象者がおられますので、お知らせいたします」

　真野は平静を取り戻すと、今度は歯切れ良く、しっかりとした口調で会を進行させさらに続けた。

「申し訳ありません、ここでサポートメンバーの竹中を入室させていただきたく存じます」

　真野の要望に有馬社長が大きく頷いた。

「竹中！　入れー！」

　会議室の観音扉がギィッと開くと、鉄製の身長計を左手で押しながら竹中が会議室へと入ってきた。

　会の出席者は一同興味津々にその身長計を凝視すると、皆眉をひそめて隣近所でヒソヒソ話が始まった。

「浦田支店長！　恐れ入りますが、そちらの身長計にお乗りください」

　真野は若干強めの口調で、身長計に乗るよう浦田に促した。

「何なんだ！　いきなり！」

浦田は真野の指示に従わず、席を微動だにしなかった。双方の睨み合いがしばし続いたが、埒が明かないと判断した真野は自身の顎をクイッと斜めに上げると、浦田の傍らに立っていた竹中が浦田の両腕をガッシリとつかみ、席を立たせようと試みた。しかし、浦田も学生時代にラグビーで鍛えたその力で、竹中の両腕を振り払い必死の抵抗を続けた。

「もう止せ！」

有馬社長が珍しく大声を張り上げて怒鳴り散らした。

「浦田君！　往生際が悪いぞ。いい加減観念してさっさと乗ったらどうなんだ！」

顔を真っ赤にしながら必死に抵抗を続けていた浦田だったが、さすがに有馬社長からの圧力には逆らえず、靴を脱ぐとゆっくり身長計に乗り背筋を伸ばした。

「よし。竹中測れ」

真野の指示に応じた竹中がボタンを押すと、ゆっくりとバーが下がり、浦田の頭頂部へコツンと当たった。

「いくつだ？」

「えーっと一七八・二センチです」

「はい。ありがとう」

真野は竹中に礼を言うと、用意してあった一枚物の資料を右手で大きく掲げた。

「こちらに一枚の資料がございます。これは浦田支店長の先日の健康診断結果が記載された人事カードです。ご本人のプライバシーもございますので、関係のあるところだけ読み上げさせていただきます」

浦田はそれを聞くと、身長計に乗ったまま両手で握り拳を作りワナワナと震え始めた。

「身長一八五・〇センチ、体重九一・九キロ、ＢＭＩは二六・九となっております。しかし、先ほど計測されましたとおり、浦田支店長の身長は一七八・二センチ。これをＢＭＩ算出の計算式に当てはめますと二八・九となります。ここで浦田支店長にお尋ねします。どうやったら一カ月にも満たない短期間で、約七センチも身長を縮めることができるのでしょうか？　お答えください！」

真野は語気を強めて浦田に詰め寄ったが、浦田は反論できず、ただただ拳を握り締めて真野のことをひたすらに睨みつけた。

「まさか、シリコンでも頭に乗っけて身長測定したんじゃないでしょうね？　健康診断を相撲の新弟子検査と勘違いされちゃあ困りますよ」

真野が厭味ったらしく言うと、会議室内はドッと笑いに包まれた。一方の浦田は身長計に乗ったまま、まるで抜け殻のように呆然と天井を見上げていた。

浦田はこの制度の施行が決定した直後からトレーニングに励み、秋の定期健診まで順調に減量を進めていたが、最終的には真野が磯崎に授けた策略の前に脆くも崩れ去る形となってしまった。

真野が浦田の動向に気付き磯崎に授けた策略とは、飲み会に誘って太らせるというものではなく、トレーニングをさせないというものだった。つまり、代謝の悪くなった中年は、運動しなければ普段の生活だけで十分太ってしまうことを利用して、東京中央支店の最重要課題である配電線路地中化問題の相談事を、夕方の終業時刻間際にわざと持ち掛け、浦田のジム通いを阻止するというものだった。浦田としては前年その計画が未達であることが原因で、常務の椅子を手中に収めることに失敗していたことから、その手の相談を断るに断れなかったのだ。真野の目論見は見事にハマり、浦田は連日残業続きでジム通いができない状況に陥っていた。しかし、出てきた結果が処分対象外であることに一度は唖然としたものの、真野は何かカラクリがあるのではないかと察知し、浦田の人事カードを洗い浚い見直してこの身長データ改竄の事実を突き止めたのだった。

「有馬社長、今のやり取りから浦田支店長は保身のために自らの身長データを改竄して、その場をやり過ごそうとしたのではないかと推察されます」

「……残念だがそのようだな。潔くしていれば、今までの功績に免じて情状酌量の余地もあるのだが、そういう手を使って自らの保身を図ろうとするような人物に、大事な仕事を任せることはできないな……」

有馬社長はそう言うと、呆然と立ち尽くす浦田の方にチラリと視線を移した後、真野に辞令用紙を持ってくるよう促した。そして、辞令を受け取るとその場に立ち、浦田が目の前に来るのをひたすらに待った。

ガックリと項垂れ身長計の上にしゃがみ込み、いつまでも動けないでいる浦田にかつて人事部で鎬を削った、浦田の一年先輩である瀧川が声を掛けた。十数年前、浦田にハメられ苦杯を喫した瀧川であったが、同じ釜の飯を共にした可愛い後輩の無残な姿は見るに堪えなかったのだ。そっと浦田の両腕をつかむと、ゆっくりと立ち上がらせ、背中をポーンと軽く叩き前進するよう促した。

「辞令　浦田光司　六月末日の株主総会を以て取締役東京中央支店長兼本社営業本部副本部長の職を解職とする」

有馬社長の声がここで途切れると、浦田はピクリと反応し顔を上げた。通常ならその後に天下り先が告げられるのだが、浦田にはそれが用意されていなかったのだ。浦田は力なくその辞令を受け取ると、無言のまま有馬社長に背を向け、出口の方へと歩みを進めた。

真野は浦田が会議室の外に出るまで、その後ろ姿に視線を送っていた。ラグビーで鍛え上げられた立派な体格に加え、威勢のある振る舞いだった浦田の背中がこんなにも哀愁が漂い、小さく見えたのは初めてだった。

第五章　天王山

十二年後　四月

広い個室をあてがわれた真野は、新聞を広げながら自身で淹れたコーヒーを啜り、業務開始までの時間をゆっくりと過ごしていた。この日の一面は昨日発表された内閣改造による新閣僚の横顔だった。

プルルルルル。

デスクの上の電話が鳴った。ソファで寛いでいた真野は、持っていたコーヒーを置くとサッと立ち上がり電話機の方へと向かった。あと三カ月ほどで還暦を迎えるとは思えぬほどの軽やかな身のこなしだった。電話機のディスプレイを見たところ、どうやら交換からの電話のようだった。

「はい、おはようございます。真野でございます」

「おはようございます。交換です。真野副社長宛に、東京モバイルの和泉様からお電話でございます」

「はい、ありがとう。繋いでください」

電話の主は真野の旧友、和泉誠史郎であった。聞けば、和泉は中国の大手通信会社からヘッドハントを受け、二カ月後の株主総会を以て東京モバイル株式会社の常務取締役を退任し、中国へ渡るとのことだった。現在は身の回りの整理をしながら業務を引き継ぎ、一方で中国へ渡るための準備を進めているとの話だった。和泉は真野と二週間後に食事をする約束を取り付けると、忙しそうに電話を切った。

真野はソファのある応接セットに戻ると、冷めかけたコーヒーを一口啜り、再び紙面に目を落とした。昨日深夜のニュースで確認済みであったが、経済産業大臣として初入閣となった伊藤代議士の存在を気にしていた。

その後も真野は始業開始のチャイムが鳴ったことにも気付かず、ソファに腰掛けたまましばらく今朝の朝刊に目を通していた。

コンコンコン……。

部屋の扉を叩く音に我に返った真野は腕時計に目をやると、時計の針はあと数分で十時を指そうかというところだった。

「どうぞぉ」

真野は扉に向かって声を掛けると、丁寧に新聞を畳みデスクの方へと移動した。

「失礼します。おはようございます」

入ってきたのは、羽賀と岩倉の二人だった。

「あぁ、おはよう。お二人さん、このたびはおめでとうございます」

羽賀と岩倉は先の取締役会において、羽賀は新任副社長、岩倉は筆頭常務兼再生可能エネルギー本部長にそれぞれ内定していたのだった。

この会社には、副社長が五名おり、同期最大のライバルである池田は真野と同じタイミングで副社長に昇格していた。

「ところで、羽賀さんの担当部署はどうなってるんだっけ？」

真野は何の気なしに羽賀に問い掛けた。

「聞いてくださいよ。まぁ、自分の畑である総務部と用地部は引き続き担当させていただくことになりましたが、あとは資材部だの燃料部だの全くの畑違いばっかですよ」

羽賀は諦め半分のニヤけ顔で真野の問い掛けに応じた。

「まぁ、それもしゃあねぇわな。日々勉強、日々研鑽だよ。俺だって去年の副社長昇格の時に建設部と国際部持たされているからね。いくら俺がフランス語堪能だって言ったたって、ウチの会社、パリに事務所ねぇし」

真野の返しに一同ドッと沸いた。

「それにしても真野さん……ここ数年で企業の人集めもずいぶん様変わりしましたよね」

最年少の岩倉が真面目な話に舵を切った。

「そうだね。入社前に俺が掲げていた、新卒一括採用の廃止や、職務別採用が一気に浸透してきたって感じだよな。俺がこの会社で社長の椅子を常に意識してきたのは、そういった事柄をウチの会社でまずやって、それから日本全体に浸透させようっていうのが一番の理由だったからね」

真野はこれまでのサラリーマン生活を振り返り、感慨深そうに若き日の目標を口にした。

「えっ？　真野さん、そんなこと言って、まさか辞めませんよね？」

羽賀と岩倉は真野の発言に驚きの表情を隠しきれなかった。

「いやいや。まだまだ辞められない理由があるんだよ」

真野は俯きながらニヤッとするとさらに続けた。

「二人とも池田と一緒の研修に参加したことがあるから、ヤツの基本的なスタンスは知ってると思うけど、保守的なアイツはこの会社の変革を酷く嫌っている。これまでの実績や本来持っている能力は申し分ないが、新たな世界に一歩踏み出す勇気がヤツにはないんだよ。そんな奴が社長の椅子に座ってみろ、時代の流れに一気にのみ込まれてウチの会社は淘汰されるに決まってる」

真野の眼つきが真剣みを帯びてくると、二人も表情を引き締め真野の話に耳を傾けた。

「池田の奴が考えているのは、間違いなく現状維持だ。自身が社長の椅子に座って平穏無事にその任務を終えることが、ヤツの最大の関心事なんだよ。ヤツの実力はもちろん俺も認めてるが、そういった保守的な思考が残念な奴なんだ。そんな奴にこの会社の未来を任せることなんてできるかよ」

真野は興奮気味になり、池田の社長昇格阻止を自身に言い聞かせるように言い放った。

「確かに我々の世代ですと、社長候補の最右翼は日比野さんでしたが、あんなことになっちゃいましたからねぇ……」

羽賀が当時のことを思い出すように天井を見上げ、ボソッと口にした。

三年前、副社長に昇格したばかりの日比野は、海外視察のために訪れたニューヨークの地でテロに巻き込まれ、非業の死を遂げていたのだった。

「日比野さんが生きていれば、今年あたり社長交代で、池田の社長昇格の芽はなくなるから、心穏やかにあと三、四年日比野さんの下について、その後は相談役となり隠居生活に入れたんだが、現時点では間違いなく池田は次期社長候補に入ってるからな。ヤツに社長昇格の可能性が残されている以上、俺もおめおめと第一線を退くわけにはいかんのだよ。それに、池田の奴が社長になったら、お二人さんも御役御免になっちまうぞ」

「確かにそうですね」

羽賀と岩倉は口を揃えてウンウンと頷いた。

「まぁ、悔しいけどアイツの仕事ぶりは完璧だから、粗を探すって言ったってなかなか難しいだろうけど、引き続き池田の動向はお互い注視して、何かあったらまた三人で共有しようよ」

真野がそう言うと、二人は力強く頷いて真野の部屋を後にした。

恐らく今年の株主総会では、社長は江藤の続投になるだろうが、江藤も七十歳を目前に控えており、それ以上の続投は考えられない。それを考慮すると、来年の株主総会まで残り一年二カ月、真野としては何としてもこの間に池田のウイークポイントを見つけ出し、社長候補の座から引きずり降ろさなければならなかった。

二カ月後　六月末日
予定どおり株主総会は開催され、社長は江藤の続投、羽賀も新任副社長として無事承認された。

株主総会を終えた真野たちは会社に戻ると、今度は真野の部屋の二つ隣にある羽賀の部屋に集まった。

「その後どうだ?」

真野は部屋に入ると、小声になって二人にそれとなく確認した。

「池田の悪い噂は一向に耳に入ってきませんね。かと言って、いい噂も全くありません。下手に動いて失点を貰わぬよう守りに入ってるんですかね?」

池田と同じ経営企画部出身の岩倉が池田の現状について報告した。

「それに引き替え真野さんは例の配電線路地中化計画、常務に昇格された四年前に電力系統本部長を兼任してからというもの、ハイペースで工事を進めて、早ければ年内、遅くとも年度内に全線路完成って話じゃないですか！　無事完成すれば、副社長連中で完全に頭ひとつ抜け出しますよ」

池田が現状維持で足踏み状態にあることを耳にした羽賀は、透かさず真野の功績を口にしてヨイショしてみせた。

「ありがとう。あの計画が無事完遂することは会社にとってはもちろんのこと、俺にとっても悲願だから嬉しいことは嬉しいが、頭ひとつ抜きん出たところで、それが俺の社長昇格に直結するかと言うと、それはちょっと短絡的かなと……」

羽賀のヨイショに乗ってくるかと思いきや、真野は逆に低めのトーンで平静を装ってみせた。

「それって、どういう意味ですか？」

「まぁ、勝負は下駄を履くまで分からないってことだよ。確かに実績では、俺が一歩リードしたかもしれないが、社長人事ともなれば、きっと見えない力が働くんじゃないかと俺は思ってるんだ」

「確かに過去の歴史を紐解いてみれば、全くノーマークの、言わばダークホース的な人が社長になった例もありましたね」

「そういうことよ。だから、俺は自分がどうこうと言うよりは、むしろ池田の社長昇格を阻止することに心血を注ぎたいと思ってるんだ。この会社を守るために俺ができる最後の大仕事が池田の失脚を御膳立てするってことだよ。清廉潔白の池田を追い込むことができるのは、この会社には、もはや俺をおいて他にいないだろうからね」

清廉潔白の池田にどんな手を使って追い込もうとしているのか、羽賀も岩倉も全く想像がつかなかったが、真野の漲る自信にただならぬ気配を感じていた。

神宮外苑の銀杏並木が見頃を迎えた頃、真野は妻の志織を連れて、秩父宮ラグビー場を訪れていた。

この日は関東大学対抗戦の早稲田対慶應の一戦が行われていた。二人は志織の母校である慶應側のスタンドに腰掛けると、大判のブランケットを膝と肩の両方に掛け、しっかりと寒さ対策を行ってから観戦に臨んだ。

真野自身ラグビーのプレー経験はゼロだったが、高校時代の友人がラグビー部だったことから、会話の中で自然とルールを学び、冬のラグビー観戦はもはや真野の生活の一部としてしっかりと根付いていた。それだけに試合が始まると一緒に観戦している志織のことをそっちのけで熱い声援をグラウンドの選手たちに送り、どっぷり試合に入り込んでいた。

しかし、今日の真野はいつもの真野とは明らかに様子が違っていた。静かにグラウンドを眺め、行き交うボールを追うその目はどことなく虚ろで、哀愁に満ちた横顔だった。結婚して二十八年、毎日明るい笑顔とジョークで家族を笑いの渦に巻き込んでくれた夫の、こんな寂しそうな横顔を見るのは志織も初めてだった。

何かあったに違いない。志織は咄嗟にそう感じた。いわゆるオンナの勘ってやつだった。志織は持参した水筒のコーヒーを紙コップに注ぐと、そっと手渡し、真野の肩に身体を預けた。

前半を終わって、試合は早稲田ツートライツーゴール、対して慶應はドロップゴール四本と二点差の大接戦だった。

「なぁ志織……」

前半、一度も口を開かなかった真野が志織に声を掛けた。志織は暖かいブランケットと真野の温もりの中ですっかりウトウトとしていたが、真野の声にピクリと反応して目を覚ました。

「いい勝負ね。ちょっとウトウトしちゃったけど」

「そうだな。前半は早稲田のフォワードに押されて分が悪かったけど、後半は展開させて足を使えば十分逆転はありそうだな」

真野は自分の話そうとしていたことをのみ込んで、志織の話に付き合った。

後半が始まると、真野の予想どおり、慶應はラックから大きく展開してバックス中心に早稲田ゴールに迫った。対する早稲田も強力なフォワード陣でモールから一気にトライを奪うなど、一進一退の攻防が続いた。

そして、二六対二四と、早稲田の二点リードで迎えた後半四十分、残りワンプレーとなったところで、慶應のプレースキックを担当している選手が、ハーフウェイライン付近からドロップゴールを狙って大きく蹴り上げた。楕円のボールは大きく弧を描き、早稲田ゴールへ向かっていった……。

逆転の掛かったラストワンプレーに、二万人を超える大観衆は固唾をのんでボールの行方を追った。

……カン！

しかし、ボールは無情にもゴールポストに阻まれ、グラウンドにこぼれ落ちた。

主審からノーサイドのコールが告げられると、早稲田フィフティーンは歓喜の輪を作り、一方の慶應フィフティーンはガックリと膝をついて天を仰いだ。

真野はしばしグラウンドを見つめ、慶應の最後の攻撃を振り返っていた。

〈前方にあれだけのスペースが空いていれば、フォワードを走らせると同時に前方へキックパスしてトライが奪えたかもしれないのに……。相手のプレッシャーに焦ったか……〉

『急いては事を仕損じる』この諺が真野の頭の中を縦横無尽に駆け巡った。結局は、スポーツにしろ仕事にしろ、常に平常心を保っていることがいかに大切なことかを改めて突き付けられた瞬間だった。

　秩父宮ラグビー場を後にした二人は信濃町方面に向かって歩き出した。

「なぁ志織……」

「なぁに？」

　志織は試合前から真野の異変に気付いていたが、何食わぬ顔で可愛らしく返事してみせた。子供三人を育て、すでに五十歳を超えていたが、二人でいる時はそう感じさせない可愛らしさが彼女にはあった。

「もし……もし、俺が犯罪に手を染めるようなことがあったとしたら、お前どうする？」

　志織は真野の言葉に驚いた表情一つ見せなかった。しかし、真野の質問に即答できず、二人は無言のまま数十メートル進んでいた。

「……そうねぇ。あなたはそんなことするような人じゃないから、答える必要ないかなとも思うけど、サラリーマンでもあなたクラスになるといろんなシガラミがあるのよね、きっと……。でもね……。もしそんなことが起きたとしても、私はあなたを非難するなんてことは絶対にしないわよ。子供たちだってきっとそうよ。私たち家族があなたのお陰でどれだけ人生を楽しめたことか。仕事が大変な時もそんな素振りを微塵も見せず、子供たちを楽しませてくれたことは家族みんなが覚えているわ。口には出さないけど、子供たち三人も皆、あなたのこと尊敬してるんだから」

「そうか……。ありがとう。できることなら俺だってそんな展開は避けたいんだがな」

真野が力なく言うと、志織はコクリと小さく頷いた。そして次の瞬間、真野の方を見上げるとニコッと微笑みかけた。

「ねぇ！　そんなにしょんぼりしてないで、これから美味しいものでも食べに行こうよ。今日は子供たちも皆出払って居ないんだし。そうだなぁ、寒くなってきたから私すき焼き食べたいなぁ……。末広町の『き梨』とかどうかな？」

「どうかなぁ？　あそこは事前の予約なしで行ったことないからなぁ」

突然の志織の無茶振りに困惑しつつも、真野はポケットから携帯を取り出し、電話番号を調べ出した。

「何とかなるんじゃないの？　だって、あなた接待やら会社の飲み会やらで何度も使ってるって言ってたわよね？」

電話が相手に繋がったらしく、喋り続ける志織の唇に人差し指を軽く押し当てると、真野は電話向こうの担当者に今から伺いたい旨を伝えた。そして、電話を切ると両手で大きくマルの字を作り、ニコッと微笑んだ。

駅前の歩道橋を通過する際に頬をかすめた風は、すっかり冬の気配を漂わせていた。

翌日

真野がトイレに入ると、用を足している江藤の姿が目に飛び込んできた。真野は数ある小便器の中から迷わず江藤の真横にある小便器の前に立った。

「社長、お疲れさまです。折り入って相談なんですが、今日時間大丈夫ですか？」

「あぁ、そしたらこの後すぐに部屋に来てくれ。三十分くらいなら時間取れるから」

江藤は自身の腕時計に目をくれながら、真野の要望を快諾した。

真野は用を足すと、洗面所で手を洗いながら目の前の鏡で自身の姿をまじまじと見つめた。いつまでも若いと思っていても還暦を過ぎた今、さすがに頭髪は白の面積が黒を凌駕していた。そして、今一つピリッとしない表情に喝を入れるべく冷たい水で顔を洗うと、二、三回頬を叩き社長室へと向かった。


コンコンコン。

「どぉぞぉ！」

江藤の威勢のいい声がドアの向こうから聞こえてくると、真野は目の前の重い扉を勢いよく開けて中へと入っていった。

「失礼します。すみません、忙しいのに」

「どうしたんだ、改まって」

江藤は窓の向こうの景色を眺めながら、入り口付近で突っ立っている真野に問い掛けた。

「実は社長、ちょっと中途半端な時期ではありますが、私の担当している建設部を池田副社長に引き継いでもらうことはできないでしょうか？」

「なんでまた急に？」

「彼は常務になって以降、事務系部門の担当ばかりで技術系部門の担当を経験しておりません。次期社長候補とも言われている彼ですから、是が非でも経験してほしいと思いまして」

「そうか……。しかし、次期社長候補という言葉にはちょっと引っ掛かるな。キミだってバカじゃないんだから、自分の実績くらいは把握しているよな？」

「ええ、まぁ……」

「だったらなんで池田を次期社長候補だなんて言ってるんだ？　こんなところで言うつもりもなかったが、私のハラの中では完全に君の方が一歩も二歩もリードしているんだぞ」

「身に余るお言葉でございます」

真野は恭しく頭を下げると、さらに続けた。

「しかし、いくら社長が私を推してくださっても、相談役の皆さんが何とおっしゃるか。池田のことを昔から可愛がっている方々も結構な数いらっしゃいますよね？」

「まぁ、確かに俺の一存でどうこうできる問題じゃないが……」

江藤は立っていた窓際から移動すると、応接セットの誕生日席へドカッと腰を下ろした。

「……で、社長。先ほどの担当部署変更の件ですが……」

「おぉそうだったな。問題ないから年が明けたら、引き継ぎしてもらって構わんよ。で、キミは池田君のどの部門を引き取りたいんだ？」

「特に希望はございません。彼の希望に沿うようにしていただければ……」

「そうか。じゃあ、俺の方から池田君に伝えておこう」

「はい、ありがとうございます」

真野は深々と頭を下げると、部屋の外へと出て行った。真野としては、池田の担当しているどの部門の仕事が自身の元にこようが、そんなものは全く意に介していなかった。とにかく自身の担当している建設部を池田に担当させることができれば、今日の仕事は満点の出来と言っても過言ではなかった。

真野はすぐさま自室に戻ると、パソコンを開き大小様々な工事を依頼している建設業者を片っ端から調べ上げた。一社でいい、協力してくれそうな企業が見つかることをひたすら念じながら、手元のマウスで画面をスクロールさせた。

その日以降、真野は会議の組まれていない十五時以降になると決まって外出し、取引先の建設業者を回って歩いた。


年が明けた正月二日、真野と羽賀はパレスホテル一階のロビーラウンジで膝を突き合わせていた。この日は岩倉も含めた三人でランチを共にすることになっていたが、地下鉄のトラブルで岩倉はまだ姿を見せていなかった。

三人とも多少の時期のずれこそあったものの、本社部長への昇格を機に東新宿の社宅を引き払って、各々都心のマンションへ移り住んでいたため、休日の昼間に三人で会う場所といえば、ここ数年は都内にあるホテルのラウンジを利用することが定番となっていた。

「真野さん、良い靴履いてますね」

何の気なしに真野の足元に目を向けた羽賀が真野に話し掛けた。

「おぉ！ そうなんだよ。これ、エドワードグリーンのドーヴァー。しかも、ネイビー。もう二十年くらい前になるかな？ ミッドタウンのストラスブルゴで当時十七万くらいで買ったんだけど、全然下ろしてなくてさ。年が変わって心機一転、下ろしてみたってわけ」

真野は気付いてくれた嬉しさに饒舌になって語り出した。

「真野さん、俺の足元も見てくださいよ。見覚えありませんか？ この靴」

羽賀はピカピカに磨き上げてきた靴をスッとスライドさせ、真野の方へと近付けた。

「……これ、もしや？」

真野はジッと羽賀の靴を見つめた後、驚きの表情を見せた。

「そうですよ。これ、十数年前に真野さんからお安く譲ってもらったオールデンのVチップです。歩きやすくて、頻繁に履いてますけど今でも現役バリバリですよ」

羽賀はニンマリとしながら、問題の正解を口にした。

「嬉しいねぇ。大事に履いてもらって。ありがとうございます」

真野は頬を緩ませながら軽く頭を下げた。

真野たち二人がファッション談議に花を咲かせていると、ラウンジの入り口方面からウェイターと共に若干息を切らした感じで岩倉が姿を現した。

「すみません、遅くなりました。しかし、去年真野さんに譲ってもらったこの靴、革靴なのに滅茶苦茶走りやすいですね」

見れば、岩倉の足元は昨年真野が譲ったパラブーツのシャンボードだった。

「何だよ、岩ちゃんも真野さんからの貰い物履いてんのかよ。俺もそうなんだよ、ホレ」

羽賀はニヤつきながら、今度は岩倉の方へ足をスライドさせてピカピカに磨き上げた靴を見せた。

すると、今度は真野が何かに気付いたようだった。

「あれ!?　ちょっと待って……。みんなジャケットの左側ちょっと開いてみ？」

音頭を取った真野を含めた三人が、ゆっくりと各自着用しているジャケットの左側を開いてみると、真野の予想どおり皆同じブランドのものを着用していた。

「はっはっはっ！　みんなラルディーニじゃねぇっすか！　まさかのブランド被りですね」

羽賀がゲラゲラ笑いながらこの状況にツッコんだ。

真野はブルーグレー、羽賀はネイビー、岩倉は濃い目のベージュとそれぞれ色違いのため、傍から見ればそれほど違和感のあるようには見えないが、見る人が見れば、いい歳こいたオジサン三人が、お揃いのブランドのジャケットを着こんでランチを囲んでいるという、何とも奇妙な光景に他ならなかった。

「そういえば、今年の株主総会でいよいよ社長交代ですかねぇ？」

ひとしきり笑った羽賀がウェイターに注文を済ませると、途端に真面目な話題を振ってきた。

「そうだろうな……」

真野が落ち着いた口調で応じ、さらに続けた。

「相変わらず池田の粗は見つけ出せないが、お二人さんはどうだい？」

「それが、さっぱりですね」

岩倉が渋い顔で真野の問い掛けに応じると、羽賀も合わせるように首を横に振った。

「そうか……。池田の奴も本気で社長の椅子を狙っているから、やはり下手な動きはしてこないか」

「そうは言っても、実績でいったら真野さんの方が一歩も二歩も先を行ってるんじゃないですか？」

「確かに配電線路地中化計画の全線路開通はインパクトのある実績かもしれないが、池田がこれまでに残してきた業績も相当のものがある。それに、相談役の中には昔から池田のことを可愛がってきた連中が結構な数居るんだよ」

「えっ!?　次期社長の人選って現職社長の一存じゃないんですか？」

驚きの表情で互いの顔を見合わせた羽賀と岩倉は周囲を気にして、吐息交じりの小声になって真野に問い掛けた。

「そっか……。二人は人事部も秘書部も未経験だったよな……」

真野は小声でボソッと呟いた。

東都電力で次期社長の人選の流れを知っているのは数名の相談役と現職の社長、それに執行役員を含む役員連中の身の回りの世話をする秘書部と人事部の部長という、限られた数名のみであった。

「次期社長の人選は現職の社長と相談役で決めるのがここ数年の慣例となってるんだ。そして、さらに面倒なことに、そこから現職の経産大臣にお伺いを立てて、承諾されたら晴れて正式に決定という流れなんだ」

「そうなんですね……。で、実績では池田を上回っている真野さんがそんなにも慎重になっている原因っていうのは、目の敵にされている相談役がいるってことですか？」

羽賀の質問に真野は即答せず視線を逸らすと、窓の外をジッと眺めていた。羽賀と岩倉も窓の外に視線を向けると、皇居へ一般参賀に向かう人たちだろうか、モコモコのダウンジャケットを羽織り、首にはマフラーをグルグルに巻いた人の波が、途切れ途切れに窓の向こうを横切って行くのが目に入った。

「今年はどんな年になるんでしょうねぇ……」

答えにくそうにしている真野の心情を慮った羽賀が話題を逸らすと、岩倉もそれに乗っかった。

「そうですねぇ……。とにかく平和な世の中を願うばかりですねぇ」

二人は真野の方へ視線を向けたが、真野は相変わらず窓の外を眺め、ただただ遠くを見ているようだった。

すると、先ほど注文したアフタヌーンティーセットの御重が、ぞろぞろとテーブルへと運ばれてきた。

「真野さん、来ましたよ！　食べましょうよ」

二人が声を揃えて話し掛けると、真野は我に返ったようにピクリと反応した。

「あっ！　ゴメン。何かいろんなこと考えちゃって」

「何か思い詰めていたようですけど、まだ新年は始まったばかりですから、今日のところは美味いものを食って、楽しみましょうよ」

羽賀が真野を元気づけると、真野も気持ちを切り替えた様子で、目の前に供されたパレスホテル名物のアフタヌーンティーセットの御重に舌鼓を打った。

「いやぁ、美味いっすねぇ！　今日この後どうします？　銀座をブラブラして、〆はケントスでも行っちゃいますか？」

岩倉はご機嫌になって、二人にこの後のプランを提案した。

「いいねぇ、久々に羽賀さんのキレのあるボックス拝めるかぁ？」

真野もすっかり普段の調子を取り戻し、羽賀のボックスステップをイジると岩倉の提案に乗っかった。

結局その日は、閉店の午前二時まで七〇年代・八〇年代の音楽を楽しみながらボックスステップを刻むと、皆コリドー街でタクシーを拾い、一路帰宅の途へとついたのだった。

六日後の一月八日
真野は青山霊園のとある墓石の前に佇んでいた。

四年前、真野の常務昇格がプレスリリースされた一週間後に他界した父・力臣の眠る墓だった。月命日である毎月八日は欠かさず母・姉・兄と共にこの地を訪れているが、この日も午前中に四人での墓参りを済ませた後に、真野は時を改めて再び父の元を訪れていた。

背中にはサクソフォンケースを背負っていた。

真野の実家のある代々木上原から、地下鉄千代田線で乗り換えなしで行くことができること、そして真野の住む乃木坂のマンションから徒歩圏内であるということが、この地を選んだ理由だった。とりわけ乗り換えなしということには、お盆の際に力臣の魂が迷うことなく自宅のある代々木上原に帰れるようにという、家族の想いが込められていた。

生前、力臣は事あるごとに退職後の第二の人生を楽しむために、一生できる趣味を持つよう三人の子供たちに説いていた。しかし、真野は仕事や家族サービスに忙殺され、なかなか実現には至っていなかった。ようやく新たな趣味を持つことができた時はすでに、五十歳を超えていた。

その新たな趣味とは、アルトサックスの演奏であった。切っ掛けとなったのは高校時代、とあるロック歌手の楽曲をアルトサックスで奏でたアルバムを聴いてから、その美しく儚い音色に魅了されていたからだった。そして、力臣もジャズを大層好み、真野が幼少の頃からリビングにはレコードプレーヤーからジャズの楽曲が流れていた。とりわけ真野少年の心に深く刻まれていたのは、夕陽がリビングの窓から差し込む時間帯になると、決まってジョン・コルトレーンの『セイ・イット』を流す力臣の姿だった。

真野は背中に背負ってきたサクソフォンケースをゆっくりと下ろして開くと、丁寧にパーツを組み立て始めた。その作業を進めながら、真野は果たせなかった父との約束を思い出していた。病魔に侵されベッドに横になったままの力臣は、「上手くなったら聴かせてみろよ」と見舞いに行くたびに言って、真野の吹くサックスの音色を心待ちにしていた。

真野はしばらく試し吹きをした後、父の前で奏でた曲はイーグルスの『デスペラード』だった。邦題は『ならず者』。歌詞の内容そのものは真野親子とは何ら関係のあるものではなかったが、清廉潔白を旨としてサラリーマン人生を全うした父を裏切ることになるやも知れず、まさしく『ならず者』へと転落しかけている自分への戒めの意味がそこにはあった。

元々哀愁漂う楽曲であったが、アルトサックスで奏でることにより、その哀愁はことさらに際立ち、夕焼けの空に悲しげに響き渡った。

〈親父……ゴメン……〉

真野は心の中で呟きながら最後まで演奏を続けた。

翌日

真野は腹心である人事部長の竹中を部屋に呼び寄せていた。

「なぁタケ……。人を育てるのって難しいよな」

真野はおもむろに椅子から立ち上がると、応接セットの方へと移動した。

「どうしたんです？　藪から棒に」

竹中が不思議そうに尋ねた。

「何かさぁ、優秀だなと思った人材を採っても、その才能をあらぬ方向へ使う奴が居たり、才能の欠片も発揮できずに上司に潰される奴が居たり……」

「そうですねぇ……。人事ってホントに難しい仕事だと思いますよ、私もかれこれ二十数年携わっていますけど、今になってもそう思いますからね」

「そうだな。でもな、これからはお前が中心になって人事の舵取りをしなきゃいけないいんだからしっかり頼んだぞ」

真野は竹中に喝を入れるように彼の肩をバシッと強めに叩いた。

「いやいや、何をおっしゃいます。社内では次期社長は真野さんだってもっぱらの噂ですよ」

どことなく硬い表情の真野とは対照的に、竹中は頬を緩ませながら返してきた。

「タケ……。十五年前、お前が十年ぶりに本社に復帰した時のこと覚えてるか？」

真野は相変わらず表情を崩さず、竹中に問い掛けた。

「えぇ、よく覚えていますよ。正面玄関前の大階段ですれ違いましたよね？　確か、真野さんはその後山梨支店にセクハラの事情聴取に行くとかで。遠くから当時の深澤次長に呼ばれていましたよね」

「さすがだな……」

真野は大したもんだと言わんばかりに、ようやく表情を崩すとさらに続けた。

「その案件の結末は覚えているか？」

「ええ。懲戒解雇だったか諭旨解職だったかは忘れましたが、いずれにしてもやった本人はクビになったはずです」

竹中は当時の記憶を何の迷いもなく脳ミソの奥から引き出すと、スラスラと淀みなく口にした。

「ほぉ……直接関わってないのに、よくそこまで覚えてるな。じゃあ聞くが、次期社長の人選の流れはどうなってるか言ってみろ」

「はい。現職社長と数名の相談役で人選して、オフィシャルではないものの、最後に一応経産大臣にお伺いを立てて決定ですよね」

「あぁそうだ。お前そこまで知っていてまだ気付かないのか？　電力会社の人事部長ともあろう男が、まさか経産大臣の名前を知らないなんて言わないよな？」

「やめてくださいよ。伊藤大臣ですよね？」

竹中はバカにしないでくれと言わんばかりに、半分ニヤけた表情を見せて真野の問い掛けに応じた。

真野は首を縦に振るわけでもなく、ピクリとも反応せず黙ったままだった。しばしの沈黙がその空間を支配すると、時を追うごとに竹中の緩んだ頬は次第に真顔へと移り変わっていった。

「……え、ええ!!」

竹中が何かを思い出したように大声を出すと、真野は黙って大きく頷いたのだった。

一年のうちでもっとも寒さが厳しくなると言われている大寒の夜、真野は神楽坂通りで黒塗りのハイヤーから降りると、細い路地へと入っていった。しばらく路地を進むと、やがて見えてきたのは入り口に大きな数寄屋門を設え、周囲を白い壁で覆われた木造の建物だった。真野は建物の中に入ると、仲居に奥の座敷へと通された。

「おぅ、遅かったな。先に練習させてもらってるぞ」

部屋に入ってきた真野に声を掛けたのは同期の池田だった。池田は堂々と上座に腰を下ろし、右手を挙げて真野を迎え入れた。この日は真野が現在担当している建設部の業務を池田に引き継ぐための場として、真野がこの料亭を用意していたのだった。ちなみに『練習』とは、乾杯の前に一足早く飲み始めるという意味の隠語で、社内での飲み会の席では、比較的よくつかわれる言葉として定着していた。

「なんだ、まだビールだけか？　お前、日本酒好きだったろう？」

真野はそう言うと、仲居を呼びつけ熱燗を二本と自分用のホットウーロン茶を一杯注文した。

「オイオイ、そんなに俺のこと酔わせてどうするつもりだ？　今日は大事な話なんじゃないのか？」

同期入社とは言え、双方ともに社長の椅子を狙う最大のライバルであり、互いの存在を目の上のたん瘤であると認識する間柄だっただけに、入って来るなり、いきなり日本酒を勧めて来る真野に池田は警戒心を露わにした。

「はっはっは、心配するな。今日はいつも世話になっている業者さんにお前のことを紹介するだけだ。難しい話なんて一つもないよ」

そう言うと、真野は運ばれてきたばかりの熱燗を手に取り、池田の御猪口へなみなみと注いだ。

「何だ、俺たち二人じゃないのか。そしたら、俺は席を移動した方がいいか？」

池田は慌てて腰を持ち上げたが、真野が首を軽く横に振ると、その半分持ち上げた腰をゆっくりと元の位置へと戻した。

しばらくして、真野の注文したホットウーロン茶が運ばれてくると同時に、薄くなった白髪頭を撫でつけた八十歳ほどの老紳士が、大きなアタッシェケースを持って部屋に案内されてきた。

「遅くなりまして申し訳ございません。篠原電業の篠原と申します」

篠原は初対面の池田に名刺を差し出すと、池田は慌てて立ち上がり、背広の内ポケットから名刺を用意して篠原との名刺交換を済ませた。

「こちらの篠原さんは、ウチの会社で計画する建物の電気設備を一手にお願いしている業者さんだ」

篠原のことを次期担当者の池田に紹介した真野だったが、池田は訝しげな表情を浮かべ返してきた。

「ん？　ウチの工事関係は排水管工事だろうが電気工事だろうが、相見積もりを取って、一番安い業者に依頼するのが決まりじゃないのか？」

「あぁ、もちろんそれが基本だ。しかし、俺も前任の小野寺相談役から全部を篠原さんにお願いするよう引き継いでいるんだ」

真野は池田のことを可愛がっている相談役の一人、小野寺の名前を持ち出して、真野に疑いの目を向けている池田を安心させようと試みた。

「そうか……」

池田は納得しきれない様子だったが、敬愛する上司の名前を出されては、真野の言葉を信じるより他なかった。

「それでだ……毎度、篠原電業さんにお願いしている見返りと言っちゃあ何だが、そう言ったものもあるんだ」

真野の言葉がまるで合図であるかのように、篠原は自身のアタッシェケースに手を掛けた。

「池田副社長、今後ともひとつよろしくお願いします」

篠原はアタッシェケースから菓子折を取り出すと、池田の方へと差し出した。

「真野！　何だよこれ!?」

池田の表情は俄然厳しいものとなり、向かいに座っている真野を睨みつけた。

「おいおい、もう酔いが回っているのか？　さっき話しただろ？」

いきり立つ池田とは対照的に、真野はシレッとした表情で返した。それは、この行為があたかも日常茶飯事に執り行われているかのごとくだった。

「こんなもん受け取れるか！」

池田は中身も見ずに、その菓子折を篠原の方へとつき返した。

「おい、池田！　お前ほどの男が『清濁併せ呑む（せいだくあわのむ）』って言葉を知らねぇわけないよな？　いくら副社長まで昇り詰めたからと言ったって、サラリーマンなんて所詮こんなもんなんじゃないか？」

…………。

先ほどまで頬を緩めていた真野は、一転し、表情を引き締めて池田に迫った。

真野と池田は無言のまましばらく睨み合いを続けていた。互いの息遣いが手に取るように分かるほど部屋の空気は張り詰め、同席していた篠原も固唾をのんで事の成り行きを見守った。すると、池田の方が先に口を開いた。

「よし、わかった。そこまで言うなら真野、お前もこのカネの半分を受け取れ。もちろんこの場で俺が見ている目の前でだ」

池田は用心深く、簡単には目の前のカネに手を付けなかった。それどころか、自身が罠に嵌められかけていることを疑い、真野にもカネを受け取るよう要求したのだった。

真野が社長の椅子を狙っていることは当然池田も知るところであり、真野が何の躊躇いもなく目の前のカネに手を伸ばそうものなら、このカネは『安全な取引』であり、つまるところ、自身の身にも危険が及ばないことがハッキリとするからだった。

「お前、何か勘違いしているようだな。くどいようだが、これはお前の敬愛する小野寺さんからの引き継ぎ事項なんだぞ」

そう言うと、真野は何の躊躇いもなく菓子折の蓋を開け、中から札束の塊を鷲掴みにした。

「ホラ、池田。よーく見ておけ。鞄の中に入れるぞ」

真野は鷲掴みにした万札の束を、自身の革鞄の中へと押し込めた。篠原はその様子を横目で確認すると、蓋の開いた菓子折を池田の方へと差し出し、一言付け加えた。

「さぁ、どうぞ池田副社長も」

池田の額からは脂汗が滲み出て、全身は微かに震えているかのようだった。池田は真野の方へチラリと視線を向けると、真野は口を真一文字に結び、黙って頷くだけだった。

「さぁ、遠慮なさらず。これは建設部担当役員の方々が数十年前より行ってきた慣習でございます」

なかなか煮え切らない池田に痺れを切らした篠原は、さらに一言付け加えて煽ってみせた。

すると、池田は小刻みに震える手を目の前に差し出された万札へと伸ばし、一つ一つ丁寧に取ると、自身の鞄の奥深くへと収めていった。

翌朝

竹中はいつものように八時を少し過ぎた頃に新橋駅を降りて、虎ノ門の本社に向かうと、会社の前は何やら黒山の人だかりができていた。赤色灯を回した警察車両と記者たちを乗せてきた報道車両でごった返している。仕方なく混雑している正面玄関を避け、裏の通用門へと回ったが、やはりこちらも多くの記者やカメラマンでごった返していた。

竹中が人の整理にあたっている警備員へ社員証を見せるべく鞄の中を覗くと、突然バシャバシャバシャと大きなシャッター音が一斉に周囲に響き渡った。驚いて顔を上げると、地下駐車場からワンボックスの警察車両が地上へと上がって来るところだった。鞄に手を突っ込んだままの竹中の真横を通り過ぎていったその車両の後部座席には、ガックリと肩を落とした池田が項垂れるように腰掛けていた。その車両の後ろ姿を目で追っていると、続いてもう一台の警察車両が竹中の視界に飛び込んできた。その後部座席には竹中が絶大な信頼を寄せる真野の姿があった。池田とは対照的に真野は顔を上げていたが、シャッターの光が眩しいのか、目は終始閉じたまま竹中の目の前を通り過ぎていった。

二台目の警察車両が視界に入り、真野の姿を確認してから目の前を通り過ぎるまでの瞬間、竹中はまるでコマ送りのようにゆっくりと時間が流れる感覚を抱いた。そして、真野の下で寝食を忘れて働いた二十数年間の記憶が走馬灯のように頭を駆け巡っていった。

「真野さん……どうして……」

竹中は手に取った社員証が折れ曲がるほどの力で拳を強く握り締め、ポツリと小さく呟いた。

真野と池田は会社法九六七条『取締役等の贈収賄罪』の容疑で御用となったのだ。

昨晩の出来事がこうもあっさりと明るみに出たのは、その会合をアレンジした真野自身が、何食わぬ顔で報道機関へとリークしていたからだった。

真野は前年の春、伊藤修吾議員が経産大臣に就いて以降、このままでは自身の社長就任は危うくなると判断し、伊藤を失脚させるべく、何としてでも彼のスキャンダルを暴き出そうと学生時代からの人脈を使って奔走したが、結局これといったものは何もつかめず終い(じま)だった。

社長交代時期のタイムリミットがいよいよ差し迫った中、真野が次にとった策は自身が社長の座に就けなくとも、ライバルの池田だけは何としても社長の椅子に座らせないようにするための策略だった。

そこで、真野は自社用の建物建設で工事を依頼している業者を、その規模を問わずに片っ端からあたり、協力してくれる業者を探し回った。しかし、その協力内容とは、真野と共謀して収賄の罪を被るといったものであり、協力してくれる業者はなかなか現れなかった。そんな折、孫請け業者で会社を畳む準備をしている電気工事店があると聞きつけ、飛び付いた先が篠原電業だった。真野が社長の篠原に事情を説明すると、家族もおらず会社も畳むことになっていた篠原は快く引き受けてくれたのだった。

丸の内署に向かう車中、真野は全て終わったという安堵の気持ちからか、穏やかな表情で前方を見据えていた。

真野が意地でも池田の社長就任を阻止したかった本当の理由は、池田が保守的な思考の人物であるということよりも、むしろ別の理由があったのだった。それは、学生時代から苦楽を共にし、同期として入社した大学時代の後輩二人の存在だった。

真野は伊藤のスキャンダルを暴き出すことに辿り着けなかった時点で、こういう結果にならざるを得ないことをすでに覚悟していた。自分が社長候補から外されれば、当然社長の椅子は池田の手中に収まるだろう。そうなれば、同志である羽賀と岩倉は必ず失脚の憂き目に遭う……。それを考えると居ても立っても居られなかった。自分自身はどうなろうと、何としても二人の失脚だけは回避したかった。それは学生時代、弁護士・官僚とそれぞれの夢を捨ててまで自分の夢に付き合ってくれた後輩二人に対して、真野がしてあげられるせめてもの感謝の気持ちだった。

〈これでいい……これで良かったんだ……〉

真野は自身の気持ちを納得させるかのように心の中で呟いた。

真野は留置場の冷たい部屋で二晩を明かすと、弁護士との面会があるとのことで、面会室まで連行された。扉を開けると、穴の開いたアクリル板の向こうには、若干白髪の交じった頭髪をセンターパートにセットし、茶色のセルフレームの眼鏡を掛けた誠実そうな男が立っていた。年齢は四十代半ばといったところだった。

「真野さん、ご無沙汰いたしております」

その男の口から発せられた言葉は意外なものだった。真野も学生時代は法学部出身で弁護士の知人友人は腐るほどいたが、これほど年齢の離れた弁護士の知人は身に覚えがなかった。

「申し訳ありません、どちらさまでしたでしょうか?」

真野はその男の顔を覗き込むように問い掛けた。すると、男は胸元から名刺を取り出し、真野の目の前に掲げてみせた。そこには『弁護士　喜多見慶彦』と書かれていた。

「真野マネージャー、覚えておいででしょうか？　十数年前、本社の会議室に呼ばれまして一度お会いしておりますが……」

真野は喜多見の名刺を見た瞬間にピンときた様子で、その後に喜多見から発せられた言葉をにこやかな表情で聞いていた。

「東京西支店の喜多見さんですね。もちろん覚えていますよ。ただ、だいぶ皺と白髪が増えたご様子で、名刺を見るまでは分かりませんでした。今は四大法律事務所の一角でパートナー弁護士ですか。ずいぶんとご苦労されたんでしょうね」

真野はゆったりとした口調で、弁護士として活動している、かつての後輩のここまでの道程を労った。

「いえ、今こうやって弁護士として活動できているのも全て真野さんのお陰なんです。大学院を卒業した後、一旦会社に復帰しましたが、その二年後に司法試験に合格して、弁護士として生きていくことを決意したんです。会社を辞める際、当時の上司から、自分の身を挺してまでも、私の大学院進学を懸命にサポートしてくれた人物が居たことを知らされました。その人物こそ真野さん、あなたでした。そんな方が居たことも知らず、そしてそのご恩に報いることもせず、会社を辞めていく自分がとても恥ずかしくなりました。しかし、退職願はすでに受理され、就職先の弁護士事務所も決まっており、その時の私はもはやどうすることもできませんでした」

喜多見はアクリル板越しに熱く語っていたが、その一方で彼の鞄の中から微かに何やらメロディーのようなものが聞こえてきた。真野が耳を澄ますと、どうやら三十年ほど前に流行った携帯電話の着うたのようだった。喜多見はそれに気付かず、相変わらずアクリル板越しの真野に熱く話し掛けていた。

「……それで、先日のニュースを耳にした時、あの時のご恩に報いることができるのはこの場をおいて他にないと思い、真野さんの弁護を担当させていただくことになったんです」

「そうでしたか……。ありがとう。いやね、先日も人を育てることの難しさについて部下と話し合っていたところなんですが、君のように真っ直ぐに育ってくれた社員が一人でもいると思うと、人事マン冥利に尽きますよ」

真野はそう言うと、喜多見に対して深々と頭を下げた。

すると、一度鳴り止んでいた、携帯電話の着うたが、再び喜多見の鞄の奥底から漏れ聞こえてきた。

「♪街の灯りがとてもきれいねヨコハマ〜　ブルーライトヨコ〜ハマ〜　あなたとふたり幸せよ〜」

その曲は数十年前のヒット曲『ブルー・ライト・ヨコハマ』だった。真野は十数年前、フクロウ堂の社長として新宿と横浜を行き来していた当時のことを思い出していた。若かったあの頃、そして関内へ行く途中で京浜東北線の車中から眺めたみなとみらいの夜景が、あたかも昨日のことのように鮮明に蘇っていた。

完

参考文献

『観相～顔にひそむ運命』櫻井大路　ぱる出版

著者プロフィール

緒桐 豪太（おきり ごうた）

1975年生まれ
群馬県出身
法政大学法学部卒

学生時代、企業のトップとその出身部門の関連性に興味を抱き調査。
大学卒業後は、新卒で入社した企業にて6年間人事を担当。

人事部 真野暢佑

2023年1月15日 初版第1刷発行

著 者 緒桐 豪太
発行者 瓜谷 綱延
発行所 株式会社文芸社
〒160-0022 東京都新宿区新宿1－10－1
電話 03-5369-3060（代表）
03-5369-2299（販売）

印刷所 株式会社フクイン

ISBN978-4-286-27005-0 JASRAC 出2206046－201